南 英男

偽装連鎖
警視庁極秘指令

実業之日本社

目次

偽装連鎖　警視庁極秘指令

第一章　破産者の隠し金

1

自殺する気なのか。

剣持直樹は、その男から目が離せなかった。禍々しい予感が胸中を掠める。

気になった男は、思い詰めたような表情だった。ホーム下の仄暗い線路を凝視している。目は虚ろだ。三十歳前後だろうか。

黒っぽい背広姿で、長身だった。目鼻立ちは整っている。実直そうなサラリーマン風だ。

東京メトロ千代田線の表参道駅である。四月上旬のある日の夕方だ。

剣持は青山で買物を済ませ、代々木上原にある自宅マンションに帰る途中だった。六時を回って間がない。

ホームには、勤め帰りと思われる男女があふれていた。ラッシュアワーだった。件の三十年配の男はホームにたたずむ前、白線の上を行きつ戻りつしていた。いかにも挙動がおかしかった。それでも、男に声をかける者はいなかった。

この二十七、八年、日本の経済は低迷している。社会の閉塞感は強まる一方だ。現在、自殺者数は二万人強だが、それまでは毎年三万人以上が自ら命を絶った。それだけ生きにくい時代なのだろう。哀しいことだ。

深刻な悩みを抱えていそうな男がわずかに腰を落とし、足許に黒いビジネスバッグを置いた。どこか投げ遣りな置き方だった。剣持は、男の様子を窺いつづけた。

男が立ち位置を少しずらし、入線してくる電車を覗き込んだ。それから彼は天井を仰ぎ、深呼吸した。

死ぬ気にちがいない。

剣持は確信を深めた。暗い顔つきの男は、電車を待つ人々の列と列の間に立っている。電車に乗る気がないことは明白だ。レールの響きが高くなった。

ほどなく剣持の視界に車輛が映じた。

男が両手の指を組み合わせ、ホームの端まで進んだ。意を決したような足取りだった。

ビジネスバッグには目もくれようとしない。

電車の一輌目がホームに差しかかった。

乗客たちの列が縮まる。男には誰も関心を払わなかった。多くの人間が他人には無関心なのだろう。男が右足を一歩前に出し、左膝をやや折った。身を投げる姿勢だ。

剣持はホームのコンクリートを強く蹴り、男に組みついた。右腕を相手の顎に掛け、そのまま後方に引き倒す。

その直後、電車がホームに停止した。

扉が開けられた。乗降客が交錯する。幾人かはホームの出来事に気づいたはずだが、足を止める者はいなかった。電車がホームから離れた。走行音が遠のく。

「いきなり乱暴なことをして済まなかった。きみが命を粗末にするように見えたんで、とっさに……」

剣持は詫びて、男を引き起こした。

相手は無表情だった。目の焦点が定まっていない。ぼんやりと剣持を見るだけで、言葉は発しなかった。

「死ぬ気だったんだよな。いったい何があったんだ？」

「あなたに話しても……」

「意味ないか」

「と思います。ぼくは、もう人生に終止符を打つと決めたんですよ」

「きみの力になれるかもしれないから、死のうと思った理由を聞かせてくれないか」

「あなたは何者なんです？」

「警視庁の者だよ。いまは総務部企画課に属してるが、それ以前は現場捜査をしてた」

剣持は警察官であることを明かし、姓だけを名乗った。

男が困惑顔になり、素早くビジネスバッグを摑み上げた。職務質問をされ、所持品も検べられると思ったのだろうか。

三十八歳の剣持は、深川で生まれ育った。典型的な下町っ子である。赤の他人でも何かで困っていると知れば、つい世話を焼きたくなる。ほうってはおけない性分だった。

生家は材木問屋だ。兄が家業を継いでいる。父はとうの昔に他界し、母が兄夫婦と同居していた。剣持は次男である。二人だけの兄弟だった。兄とは三つ違いだ。

剣持は都内の有名私大の法学部を卒業すると、警視庁採用の一般警察官になった。

彼は子供のころから正義感が強かった。といっても、大層な使命感に衝き動かされて職業を選択したわけではない。単にサラリーマンは自分に適わないと思っただけだ。したがって、妙な気負いはなかった。それでも、なんとなく刑事には憧れていた。制服が苦手だったせいかもしれない。

剣持は一年間の交番勤務を経て運よく、刑事に昇任された。そして、池袋署刑事課強行犯係に転属になった。交番詰めのころに幾つか手柄を立てたことが評価されたようだ。

その後、剣持は築地署、高輪署と移り、二十七歳のときに本庁捜査一課強行犯捜査殺人犯捜査第七係に抜擢された。スピード出世と言えよう。

殺人犯捜査係員は、所轄署に設けられた捜査本部に出張る。第一期捜査では地元署の刑事たちと協力し合って地取りや鑑取り捜査を重ね、事件の容疑者を割り出す。

現在、第一期捜査は一カ月だ。その期間内に事件が落着しなかった場合は、所轄署の刑事たちは捜査本部を離脱する。それぞれが自分の持ち場に戻る決まりになっているのだ。例外は認められない。

所轄署の刑事に代わって、第二期捜査には本庁捜査一課の支援要員が追加投入される。殺人犯捜査係の第一係から第十二係のいずれかの班の十三、四人が新たに捜査本部に派遣され、先発隊と一緒に捜査に当たる。

剣持は一貫して殺人事案に携わり、二年十一カ月前に第三強行犯捜査殺人犯捜査第五係の係長になった。主任時代に警部に昇格していたとはいえ、まだ三十六歳になったばかりだった。

剣持は順調に昇格してきたが、ほとんど上昇志向はない。現場捜査に携われるなら、それで充分だった。

事実、ポストそのものにはまったく拘っていなかった。

係長になって一年あまり経過したころ、剣持は担当管理官に高級レストランの個室席に招かれた。それ以前、一緒に飲み喰いしたことは一度もない。上司の目的はまるで見当がつかなかった。剣持は戸惑いを覚えた。

管理官は、威張り腐った厭味な警察官僚だった。嫌いなタイプだ。

そういう高慢なエリートが深々と頭を垂れ、耳を疑うような話を切り出した。親しい友人が引き起こした殺人事件を迷宮入りにしてほしいと真顔で口にしたのである。

剣持は一瞬、唖然とした。

担当管理官の二十年来の友人は親密な間柄のクラブホステスと痴話喧嘩をした際、相手を突き飛ばして脳挫傷を負わせた。その愛人は数日後に亡くなった。

剣持は、管理官の親友を傷害致死容疑で検挙する準備中だった。当然ながら、管理官の頼みは受け入れなかった。

裁判所に逮捕状を請求する直前、担当管理官に目をかけている警察庁幹部から剣持に圧力がかかった。せめて管理官の親友を過失致死容疑にしてやれという指示だった。その罪名なら、刑が少し軽くなる。

剣持は、理不尽で横暴な示唆に強い憤りを感じた。警察庁幹部はキャリアだった。事実上の命令ではないか。剣持は、しばらく怒りで全身の震えが止まらなかった。

癪な話だが、巨大な警察組織を牛耳っている六百数十人の警察官僚の権力は強大だ。まともには太刀打ちできない。剣持は苦肉の策として、キャリアの圧力に屈した振りをした。上司の担当管理官と警察庁幹部は、ひとまず安堵した様子だった。

剣持は腰抜けではない。土壇場で、うっちゃりを打った。捜査一課のナンバーツーである硬骨な理事官の許可を得て、予定通りに担当管理官の友人を傷害致死容疑で逮捕したのだ。

剣持は自分の信念を貫いた。

だが、その代償は大きかった。上司と警察庁幹部を騙した恰好になった剣持は、次の人事異動で本庁交通部運転免許本部に飛ばされた。

しかも平に降格だった。陰湿な報復人事は腹立たしかったが、あえて不服は申し立てなかった。剣持は異動先で、黙々と職務をこなした。意地でも依願退職する気はなかった。そうしたら、自分の敗北になってしまう。

左遷されたことで、ストレスは溜まりに溜まった。剣持は夜ごと泥酔し、後腐れのない女たちと戯れた。

そんなある夜、捜査一課長の鏡恭太郎警視正と理事官の二階堂泰彦警視正が打ち揃って剣持の自宅マンションを訪れた。剣持は居住まいを正し、鏡課長に来訪の目的を訊いた。

すると、鏡警視正は信じられないようなことを打ち明けた。非公式に捜査一課別室極秘捜査班を結成し、第一期捜査では真相を突き止められなかった捜査本部事件や迷宮入りしかけている事案をチームメンバーに極秘捜査させることになったらしい。警視総監、副総監、刑事部長は承認済みだという話だった。

まとめ役の班長は二階堂理事官が務めるらしい。別室の刑事部屋として、西新橋三丁目にある雑居ビルのワンフロアを借り上げたという。

剣持は、現場捜査チームの主任にならないかと打診された。

チーム入りしたら、本庁総務部企画課に異動させる段取りになっていると聞かされた。要するに、それはカモフラージュ人事だ。剣持は即座に快諾した。殺人捜査に復帰できるなら、俸給が下がってもかまわない。とにかく、現場の捜査を担いたかった。

こうして剣持は、一年十一カ月前に極秘捜査班の主任になったわけだ。

三人の部下はおのおの個性的で、異端者だった。しかし、刑事としては優秀である。

事実、頼りになる仲間だった。最初の一、二カ月こそどこかぎこちなかったが、いまはチームワークに乱れはない。

剣持たち四人は、これまでに十件ほどの難事件を解決に導いた。

だが、チームの活躍ぶりが公にされたことはない。隠れ捜査班として、黒子に徹している。そのことに不平を洩らすメンバーはひとりもいなかった。

「あなたが刑事さんなら、聞いてもらおうかな」

男が呟いた。

「たいした力にはなれないと思うが、相談に乗るよ。何か辛い目に遭ったんだね？」

「は、はい。申し遅れましたが、丸岡謙輔といいます。いま、三十歳です。『協栄交易』という中堅商社に勤めています。本社は神田にあるんですよ」

「そう。で、何があったのかな？」

剣持は先を促した。

「自己破産した腹違いの兄が金融会社から八百万円を借りていたのですが、先月の四日に亡くなったんですよ」

「まだ若かったのに、気の毒に……」

「金融会社は、ぼくに異母兄の借金の肩代わりをしろとしつこく脅しをかけてきたんです。自宅マンションだけじゃなく、職場にもやくざっぽい男たちが毎日のように押しかけてきました。それで、精神的にまいってしまったんですよ。もう限界です」

「腹違いの兄さんが自己破産したのは、いつなの？」

「去年の十月です。自己破産が裁判所で認められて負債は免責されたはずなのに、男たちは異母弟のぼくに月に十万円ずつ返せと凄んで怒鳴りまくりました。取り立てに来る連中のひとりは、小指の先がありませんでした。だから、ビビってしまったんです」

「その取り立ては違法だな。金なんか払う必要はないんだ」

「そのことは知っていました。でも、相手が殴りかかってきそうだったんで、十万円だけ渡してしまったんです」

「ばかだな」

「本当に怕かったんですよ」

丸岡謙輔が弁解した。

「司法書士か、弁護士に相談してみた？」

「もちろん、どちらにも相談に行きました。だけど、金融会社の『友愛ファイナンス』のバックが関東昇龍会だとわかったとたん、司法書士も弁護士も及び腰になりました。反社会の連中を敵に回すと、面倒なことになりますからね」

「だらしのない奴らだ」

剣持は吐き捨てた。

関東昇龍会は、首都圏で五番目にランクされている広域暴力団だ。荒っぽい組員が多い。組織の企業舎弟も堅気を装っていなかった。

「街金の奴らに追い込まれるぐらいなら、いっそ死んでしまおうと思い詰めてしまったんです」

「意気地がないな。もっとしっかりしろよ」

「ぼく、子供のころから人と争うことが苦手だったんです」

「それにしても、もっと強くならないと」

「え、ええ」

「ちょっと待てよ。もしかしたら、きみの腹違いの兄さんというのは三月四日の深夜に巣鴨署管内の路上で何者かに刺殺された元ＩＴ関連企業社長だった丸岡剛一氏なの？」

「はい、そうです。異母兄は『デジタルネーション』という会社を六年前に設立したのですが、すでにネットバブルは弾けてたんで、若い世代向けのインフォメーション・サービスとカードゲーム開発で利益を出すのは難しかったみたいですね」

「ＩＴ元年と言われた二〇〇〇年以降、若きベンチャーたちが集まった〝渋谷ビットバレー〟はマスコミにしばしば取り上げられたが、五、六年でネットビジネスのブームは去った。ネット成金で生き残ってる者は、数えるほどしかいないんじゃないのかな」

「そうみたいですね。ネットバブル全盛期には銀行、証券会社、外資系企業、暴力団の息のかかった投資顧問会社、一般投資家が挙って IT ベンチャー企業に投資してたようですが、東証マザーズやナスダックジャパンといった新市場のベンチャー株が下がったら、スポンサーたちは一斉に手を引きはじめたらしいので」

「そして、ネットバブルが崩壊した」

「ええ、ですが、異母兄はアイディアが斬新なら、必ず大成功を収められると夢見てたんですよ」

「若いときは根拠のない自信を持ちがちだからな。しかし、失敗を恐れずにチャレンジしたことは立派だと思うよ」

「兄貴は恵比寿ガーデンプレイスにオフィスを構え、百数十人の社員を雇って夢を追いかけていたんです。ですが、事業はうまくいきませんでした」

「腹違いの兄さんを殺した犯人に心当たりは？」

「思い当たる人物はいませんが、株主や投資筋には恨まれていたでしょうね。兄貴の事業計画が順調に運んでハイリターンを得られると期待して、投資顧問会社や個人投資家は大金を注ぎ込んだんでしょうから」

「だろうね。早く加害者が捕まるといいな」

「ええ。死んだ異母兄は、ぼくの命の恩人だったんですよ。小学二年のとき、家の近くの池でザリガニ獲りをしてて、ぼくは深みに嵌まってしまったんです。その当時、ぼくは十メートルぐらいしか泳げませんでした」

「溺れかけてるきみを救けてくれたのは、兄貴だったんだ？」

「そうなんですよ。水泳が上手だった異母兄は池に飛び込んで、ぼくをすぐ畔まで引っ張ってくれました。近くで兄貴がたまたま友達と遊んでて、浮き沈みしてるぼくに気づいてくれたんです」

「いい話じゃないか。それはそうと、これから一緒に『友愛ファイナンス』に乗り込もう」

「えっ!?」

丸岡が驚きの声をあげた。

「こっちが少し街金の奴らにお灸をすえてやるよ。『友愛ファイナンス』の事務所は、どこにあるのかな？」

「西新宿二丁目です。事務所のある場所はわかっているのですが、ご迷惑でしょ？」

「警察官が犯罪を見過ごすわけにはいかないよ。案内してくれないか。タクシーで行こうか」

剣持は丸岡の肩を軽く叩き、改札口に足を向けた。すぐに丸岡が従いてくる。

地上に出た二人は、ほどなくタクシーに乗り込んだ。

「どこに住んでるの？」

剣持は、車内で丸岡に問いかけた。

「下北沢のワンルームマンションを借りています。まだ結婚していませんし、給料も安いですので、広い部屋は借りられないんですよ」

「こっちも小田急の沿線に住んでるんだ。代々木上原の賃貸マンション住まいなんだよ」

「そうなんですか」

「出身地は？」

「実家は埼玉県の大宮にありました。ですが、七年前に両親がモロッコ旅行中に事故死してしまったので、実家は処分しました。異母兄と遺産を分けて、おのおの別に東京で暮らすようになったんです」

「そう。腹違いの兄弟だという話だが、差し支えなかったら……」

「三十年あまり前に父の最初の奥さんは、病死してしまいました。親父は、その翌年にぼくの実母と再婚したんですよ」

「そういうことか」

「母は、先妻の子とぼくを平等に育ててくれました。それだから、腹違いの兄の剛一はぼくをかわいがってくれたんだと思います」

「そうなんだろうな」

「血は半分だけしか繋がっていないわけですが、ぼくは異母兄を頼りにしてたんです。とっても心細くなりましたし、犯人が憎いですね。殺してやりたいほど憎悪を感じています」

丸岡がうつむいて、下唇を噛んだ。会話が途切れた。

タクシーは二十数分で目的地に着いた。

『友愛ファイナンス』は雑居ビルの四階にあった。剣持はノックをし、すぐさまドアを開けた。応答は待たなかった。

応接セットのソファに三人の男がだらしなく坐っていた。ひと目で、堅気ではないと知れた。いずれも三十代の半ばだろう。

事務机がほぼ中央に四卓置かれ、壁際にはキャビネットが並んでいる。ひどく殺風景なオフィスだった。

「違法な取り立ては即刻やめろ。さもないと、おまえらは手錠（ワッパ）打たれることになるぞ」

剣持は丸岡謙輔を出入口付近に立たせ、ソファセットに近づいた。

すると、丸刈りの男が険（けわ）しい顔でソファから腰を浮かせた。小柄だが、肩と胸板が厚い。仲間の二人は中腰になり、挑むような眼差（まなざ）しを向けてくる。

「勝手に入ってきやがって！　てめえ、何者なんでえ」

丸刈りの男が息巻いた。

「後ろにいる丸岡謙輔さんの代理人だ。違法に毟（むし）り獲（と）った十万円を返せ！」

「司法書士みてえだな」

「丸岡剛一さんは自己破産したことで、免責になってるはずだ。だから、弟さんに返済の義務はない」

「弁護士がしゃしゃり出てきやがったか。法律がおかしいぜ。貸した金を返せと要求してもいいだろうがよ。ふざけんじゃねえ！」

「丸岡謙輔さんに執拗（しつよう）に返済を迫ったら、脅迫罪が成立するな」

「てめえ、お巡りみてえなことを言いやがって」

「早く十万円を出すんだっ」

剣持は三人の男を等分に睨めつけた。

次の瞬間、丸刈りの男が前に躍り出た。立ち止まるなり、右のロングフックを放った。

空気が縺れるように揺らいだ。

剣持は左腕でパンチを払い、ステップインした。

相手の睾丸を蹴り上げ、すかさず右のエルボーを側頭部に見舞う。頭蓋骨が鈍い音をたてた。

仲間の二人が相前後して、ソファから離れた。ともに闘志を漲らせていた。

右側にいるオールバックの男が頭を低くして、闘牛のように突進してくる。タックルする気になったのだろう。

剣持は横に跳び、相手の後ろ首に手刀打ちをくれた。

手刀が弾んだ。髪をオールバックにした男が床に片膝をつき、前のめりに倒れる。

「ぶっ殺すぞ！」

残りの細目の男が喚いて、コーヒーテーブルの上に置かれた大理石の灰皿を摑み上げた。

剣持は、コーヒーテーブルを足で横にのけた。

間髪を容れず、前に大きく踏み込む。剣持は二本貫手で、相手の両眼を突いた。指先が二つの眼球にもろに触れた。

目の細い男が動物じみた唸り声をあげた。手から落ちた灰皿は、自分の右足の甲で撥ねた。男が短く呻き、ソファに尻餅をつく。

「おとなしくしてないと、支援要請するぞ」

剣持は上着の内ポケットからＦＢＩ型の警察手帳を抓み出し、表紙だけを男たちに見せた。

「刑事だったのか!?」

丸刈りの男が蒼ざめ、フロアから起き上がった。視線を合わせようともしない。

「脅迫罪に公務執行妨害が加わったら、おまえらは書類送検では済まないな」

「か、勘弁してくださいよ」

「急に弱気になったな。丸岡謙輔さんに十万円を返して、もう違法な取り立てをしないなら、今回は見逃してやってもいい」

「もう丸岡の弟を追い込んだりしません。約束しますって」

「なら、まず十万円を返すんだな」

剣持は右手を差し出した。

丸刈りの男が懐から分厚い札入れを取り出し、十枚の一万円札を抜き出した。剣持は、それを受け取った。

「これで、帰っていただけるんでしょ?」

「次は、丸岡剛一さんの借用証を出してもらおうか」

「そ、それは……」

「出し渋るんだったら、新宿署ホテルに連泊してもらうことになるぞ」

「わ、わかりましたよ」

丸刈りの男が観念し、オールバックの男に目配せした。髪を後ろに撫でつけた男がうなずき、スチール製のキャビネットに歩を運ぶ。

オールバックの男はキャビネットの最下段の引き出しから、綴りを取り出した。一枚の借用証を抜き出し、ソファセットの横に引き返してくる。

剣持は丸岡剛一の借用証を受け取ると、ライターに火を点けた。炎を最大にして、借用証を燃やしはじめる。

少し経つと、指先が熱くなった。剣持はあらかた炎に包まれた借用証を足許に落とし、靴底で火を踏み消した。三人の男たちがほぼ同時に溜息をついた。

「ありがとうございました。これで、もう少し生きてみようという気持ちになってきました」

背後で、丸岡が涙声で謝意を表した。剣持は振り返って、目で笑いかけた。

「もうお引き取り願えますね」

丸刈りの男が、おずおずと言った。

「迷惑料として、金庫に入ってる金をそっくりいただくか」

「えっ⁉」

「冗談だよ。あんまりあこぎなことをやってると、本庁組対四課が関東昇龍会をぶっ潰すぞ」

剣持は男たちを威嚇し、『友愛ファイナンス』を出た。丸岡に十万円を渡し、一緒にエレベーターで一階に下る。

「捜査一課に知り合いがいるから、事件の捜査がどこまで進んでるか探りを入れてみてやろう。きみの名刺をもらえないか」

「は、はい」

丸岡が自分の仕事用の名刺を取り出し、その裏面に自宅の住所とスマートフォンの番号を書き添えた。剣持は丸岡の名刺を受け取り、自分の個人用名刺を渡した。

「ぼく、ちょっと寄りたい所があるんです。ここで、失礼させてもらいますね」

「もっと逞しくなりなよ」

二人は雑居ビルの前で別れた。

剣持は春の夜風に吹かれながら、表通りに向かった。タクシーで塒に戻るつもりだった。

2

自宅の電灯が点いている。

思わず剣持は頬を緩めた。留守中に交際中の美人弁護士が預けてあるスペアキーで自分の部屋に入ったのだろう。自宅のスペアキーは別所未咲にしか渡していない。

未咲と知り合ったのは去年の十二月上旬だった。

その晩、剣持は新橋の赤レンガ通りを歩いていた。そのとき、後方で女性の悲鳴がした。振り向くと、理智的な顔立ちの美女が無灯火の黒いRV車に撥ねられかけていた。

それが未咲だった。

剣持は彼女に駆け寄り、道端に退避させた。

RV車は脇道に逃げ込み、そのまま走り去った。剣持は、未咲に命を狙われた理由を訊ねた。しかし、思い当たることはないという。

会話が中断したとき、近くのオフィスビルから人権派弁護士として知られた川端道人（かわばたみちと）が現われた。六十二歳の硬骨漢は数々の冤罪（えんざい）の弁護を引き受け、無罪判決を勝ち取っていた。

三十二歳の未咲は、川端法律事務所に所属する若手弁護士だった。いわゆるイソベンだ。

数日後、剣持は偶然にも恵比寿の外資系ホテルのロビーで彼女と再会した。未咲は先夜の礼をしたいと、剣持を館内のグリルに誘った。

二人は赤ワインを飲み、フィレステーキを食べた。グリルを出てからは、ホテルのバーでグラスを重ねた。

美人弁護士は、近くの賃貸マンションに住んでいるという。成り行きから、剣持は未咲を自宅まで送り届けることになった。

外資系ホテルの裏手に回ったとき、闇からスリングショットと呼ばれている狩猟用強力パチンコの鋼鉄球が放たれた。

標的にされたのは未咲だった。連れの剣持は、サイレンサー・ピストルで撃たれそうになった。暴漢たちは見覚えのある黒いＲＶ車に乗り込み、瞬（また）く間に逃走した。

剣持は、戦（おのの）く美人弁護士を自宅マンションまで送り届けた。

すると、彼女の部屋のドア・ノブに黒いビニール袋が掛けられていた。

中身はハムスターの死骸だった。自宅にいたら、未咲は危険な目に遭うかもしれない。剣持は美人弁護士を白金台にある老舗ホテルにチェックインさせ、夜通し彼女をガードする気になった。

ようやく眠りについた未咲は悪夢に魘され、パニック状態に陥った。

恐怖と不安に取り憑かれ、間歇的に体を震わせた。その震えは、なかなか熄まなかった。剣持は請われて、寝具の上から未咲の体を押さえた。

それでも、未咲の震えは止まらなかった。彼女は何かに熱中することで束の間でも怯えを忘れたいと切々と訴え、自分を女として抱いてくれと哀願した。

剣持は〝石部金吉〟ではない。恐怖と闘っている未咲を優しく抱いた。官能を煽ると、美しい弁護士は忘我の境地に入った。極みに達し、剣持の体を積極的に貪った。

それ以来、二人は親密な間柄を保っている。むろん、剣持は未咲の肉体の虜になっただけではない。未咲は聡明でありながら、色っぽかった。人柄もよかった。

だが、剣持は未咲との結婚までは考えていない。

警察学校で同期だった上野署の刑事がわずか三十二歳で殉職した。妻は夫に急死され、精神が不安定になってしまった。彼女は、幼な子を道連れにして無理心中を図った。そんなことで、結婚には積極的になれなかった。

極秘捜査班に属している間は、剣持は誰とも所帯を持つ気はなかった。特殊チームのメンバーが殉職した場合、遺族に五千万円の弔慰金が支払われることになっていた。しかし、それだけでは妻子は十年も暮らせないのではないか。

一家の世帯主になったなら、やはり家族を養いつづけたいものだ。その自信と裏付けがなければ、自分はこの先も結婚する気にはならないだろう。

剣持は刑事でありながら、物の考え方はリベラルだった。くだけた人間でもあった。ただ、結婚観だけは保守的だった。

残念なことだが、日本はまだまだ男社会だ。夫に急死されたら、子供を抱えた妻は路頭に迷うだろう。惚れた女性にそんな辛い生活は味わわせたくない。そう考えていた。

剣持はドア・ロックを解いて、自分の部屋に入った。

靴を脱いでいると、奥から未咲が現われた。パステルカラーの春物のスーツが似合っている。きょうもチャーミングだ。

「わたしを住居侵入罪で現行犯逮捕してもいいわよ」

「おれが、きみにスペアキーを渡したんだ。手錠は打てないよ。お望みなら、寝室で両手の自由を奪ってやってもいいが……」

「えっ、そういう趣味があったの⁉　知らなかったわ」

「冗談だよ」

剣持は玄関マットの上に立ち、未咲を抱き寄せた。

二人は軽くくちづけを交わしてから、居間に移った。間取りは2LDKだった。リビングの右側に十畳の寝室がある。左手の和室は六畳だった。

「ブルックスブラザーズの長袖シャツを買いに行くと言ってたけど、気に入った物はあったの？」

「四枚ほどまとめ買いしたんだが、送ってもらうことにしたんだ。いつ来たのかな？」

「数十分前よ。直樹さん、夕食は？」

「まだなんだ。鮨（すし）を出前してもらおうか」

「デリカテッセンで、いろいろ買ってきたの。ピザも買ったわ。すぐにレンジでチンするから、坐って待ってて」

「なんか悪いな」

剣持はリビングソファに腰かけ、セブンスターに火を点けた。

未咲と親しくなって半月も経たないうちに、彼女の恩師である川端弁護士は仏門に入ってしまった。人権派弁護士は冤罪で苦しめられていた被告人の濡衣（ぬれぎぬ）を晴らしたくて、担当裁判長の弱みを調べ上げ、つけ込んだのである。

その裁判長は、ひとり息子に難癖をつけて大怪我を負わせた上海マフィアの一員を雑居ビルの階段から突き落として死亡させていた。

判事が法律を無視して息子の仕返しをしたことは、間違いなく暴走だ。弁解の余地のない犯罪である。ただ、川端は脅迫じみたことを言って無罪判決にさせたわけではなかった。裁判長の弱みを言外に匂わせただけだ。それでも、問題は残る。フェアではない。法律家として失格だろう。

裁判長の長男は、いまも寝たきり状態で病室のベッドに横たわっている。我が子を不憫に思った判事が理性を忘れて報復したことを川端は仄めかしたのだ。

それは禁じ手だった。

法律家がそうした手を使ってはまずい。川端弁護士は脅迫罪には問われなかったが、自分を罰する気持ちになった。そして妻の同意を得て、禅寺の修行僧になったと聞いている。

未咲は高潔な恩師が禁じ手まで使ったことにショックを受け、一時は川端法律事務所を去る気持ちを固めていた。しかし、先輩弁護士たちに説得されて彼らとともに恩師のローファームを守り立てている。

「赤ワインと白ワインの両方を買ってきたの。どっちを先に飲む？　肉料理と魚料理をデリカテッセンで買ってきたから、両方開けるべきね」

キッチンで、未咲が言った。

「きみに任せるよ。それより、後で代金を払わなきゃな」

「水臭いことを言うと、怒るわよ。それに今夜はこの部屋に泊めてもらうつもりで来たんだから、手土産を持参するのは常識でしょ？」

「それじゃ、遠慮なくご馳走になろう。それはそうと、川端弁護士は静岡の禅寺で修行に励んでるんだろう？」

「ええ。実はきのう、先輩弁護士たちと先生の修行先に行ってきたのよ。少し痩せたけど、先生は元気だったわ」

「それはよかった。川端氏は、もう弁護活動をする気はないんだろうか」

剣持は、長くなった煙草の灰を指先ではたき落とした。

「先生は法律家の資格がなくなったとご自分を責めつづけていたけど、いつかカムバックしてもらいたいわ。冤罪で苦しめられてる男女がいまもたくさんいるんだから、先生に早く復帰してもらわないとね」

「川端弁護士は、本気で僧侶の資格を取得する気なんだろうな」

「そうなんだと思うわ。でも、わたしたちローファームの人間は全員、先生に一日も早く復帰してほしいと願ってるの。ボスがいないと寂しいし、依頼人たちも困ってるのよ」

「だろうね」

「先輩たちと一緒に説得しつづけるつもりでいるの」

未咲が口を閉じ、レンジの操作をした。

剣持は一服し終えると、洗面所に向かった。手を洗って、ラフな普段着に着替える。

そうこうしているうちに、食卓にさまざまな料理が並んだ。

二人はダイニングテーブルに向かった。

赤ワインで乾杯し、料理を食べはじめた。剣持は肉料理を主に食しながら、グラスを重ねた。未咲が頃合を計って、白ワインのコルク栓も抜いた。辛口のドイツワインだった。

これまで剣持はそれなりに恋愛をしてきたが、わずか四カ月で相手との距離を急速に縮めたのは初めてだった。先日、未咲も似たようなことを言っていた。

二本のワインが空になったのは午後十時過ぎだった。剣持は先に未咲にシャワーを浴びさせた。その間に、汚れた食器を手早く洗った。水仕事は少しも苦にならなかった。

未咲が寝室に入ったのを見届けてから、剣持は浴室に入った。ボディーソープの泡を全身に塗りたくり、熱めのシャワーを浴びた。歯も磨いて、脱衣室で濡れた体を拭(ぬぐ)う。

剣持は白いバスローブ姿で、ベッドルームに移った。

ナイトスタンドの灯(ひ)が点いているだけで、寝室は薄暗い。未咲は仰向けになっていた。真珠色のシルクのネグリジェをまとって、胸まで夜具を掛けている。

剣持は寝具をはぐって、未咲のかたわらに身を滑り込ませた。すぐに未咲が体を密着させた。剣持は未咲と胸を重ねた。弾力性のある乳房が平たく潰れた。ラバーボールのような感触だ。

未咲がキスを求めてきた。剣持は未咲の髪を梳(す)きながら、唇を合わせた。二人はひとしきり唇をついばみ合ってから、舌を絡(から)めた。

剣持はディープキスをしながら、シルクのネグリジェの前ボタンを一つずつ外した。二つの乳首は早くも張り詰めていた。豊満な隆起を揉み、淡紅色(たんこうしょく)の蕾(つぼみ)を抓み、指の腹で擦(こす)る。美しい弁護士が喘(あえ)ぎはじめた。喘ぎは、なまめかしい呻きに変わった。剣持はくちづけを中断させ、口唇を未咲の額や上瞼に軽く押し当てた。

二人は前戯にたっぷり時間をかけてから、体を繋(つな)いだ。正常位だった。

剣持は抽送(ちゅうそう)しはじめた。

突くだけではなかった。引くときは、きまって腰に捻りを加えた。そうされるたびに、未咲は短い声を発した。控え目ながら、迎え腰も使った。

二人は三度ほど体位を変え、ほぼ同時に果てた。いつもよりも、射精感は鋭かった。知性的な美女が乱れ、進んで後背位で剣持を迎えたことが刺激になったのだろう。

二人は余韻に浸ってから、結合を解いた。

先に浴室に向かったのは未咲だった。剣持は横向きになって、煙草を喫いはじめた。情事の後の一服は格別にうまい。

一服し終えたとき、クローゼットの中で刑事用携帯電話が着信音を奏ではじめた。剣持は素っ裸でベッドを離れ、クローゼットに走った。扉を開け、上着の内ポケットからポリスモードを取り出す。

発信者は二階堂理事官だった。

「いま喋っても大丈夫かな」

「ええ、自宅にいますので。出動命令ですね？」

「そうなんだ。三月四日に巣鴨署管内の路上で、元ＩＴ関連企業社長の丸岡剛一という男が何者かに刺し殺されたんだが、記憶はあるだろう？」

「はい。捜査本部に出張った殺人犯捜査第三係は一期捜査では被疑者を特定できなかったんですよね？」

「そう。で、八係が追加投入されたんだが、まだ犯人の特定はできてないんだよ。それで、きみたち四人に極秘捜査の指令が出たわけだ。三人のメンバーに声をかけて、明日の午後一時に『桜田企画』に集まってくれないか」

「了解です」

剣持は電話を切った。

被害者の異母弟と知り合ったのは、きょうである。剣持は何か因縁めいたものを感じた。数カ月ぶりの出動指令だった。

剣持は床からバスローブを拾い上げ、急いでまとった。

3

舗道には、桜の花びらが散っている。

前夜遅く雨が降ったせいだ。そのうち葉桜の季節になるだろう。西新橋三丁目である。

剣持は道端にたたずんだ。

午後十二時四十分過ぎだった。いつものように人待ち顔で、あたりに目を配る。報道関係者や警察官の姿は見当たらない。

数十メートル先の右側に八階建ての雑居ビルがそびえている。外壁は淡い灰色だ。その五階に捜査一課別室極秘捜査班の秘密刑事部屋があった。ただ、『桜田企画』というプレートしか掲げられていない。

表向きは広告デザイン会社になっているが、もちろん営業活動はしていない。同じ階には他社のオフィスはなかった。

昨夜、剣持は未咲が浴室にいる間に三人の部下に電話で呼集をかけた。警察関係者は、招集を呼集と言い換えている。

最初に連絡したのは、年上の部下である徳丸茂晴警部補だった。四十二歳である。

徳丸はチーム入りするまで、本庁捜査三課スリ係の主任だった。がさつだが、職人気質の刑事だ。長野県で生まれ育ったのだが、江戸っ子のように気前がいい。それだからか、ろくに貯えはないようだ。

徳丸は頑固な性格だが、不器用な生き方しかできない男女には心優しい。

加えて侠気もあった。徳丸はスリ常習犯の更生に情熱を傾け、たびたび身銭を切っていたようだ。働き口を探し、アパートも借りてやっていたらしい。

徳丸は三年八カ月前に離婚し、目下、独身である。元妻は徳丸の出費は浪費だと呆れ、いま徳丸は、アジトの近くにある『はまなす』という小料理屋の女将を憎からず想っている。そのくせ、女将の保科佳苗と顔を合わせるたびに憎まれ口をたたく。照れ隠しであることは間違いない。

姐御肌の女将も、少しばかり屈折している。自分の気持ちを素直に表現できない。佳苗は徳丸をかけがえのない異性と意識しているようだが、ちょくちょく神経を逆撫でするような言葉を吐く。シャイなのだろう。二人は似た者同士だった。

徳丸は典型的な食み出し刑事である。

警察は上意下達の社会だが、元スリ係はまったく不文律に従わない。職階がどんなに上でも、自分より若い者には決して敬語は使わなかった。相手がキャリアでも、そのルールは崩さない。その徹底ぶりは小気味いいほどだ。

剣持は、徳丸の次に城戸裕司巡査部長に電話をかけた。

三十二歳の城戸は、強面の巨漢である。身長は百九十センチ近い。レスラーのような体型で、筋肉が発達している。ことに肩と胸板が分厚かった。

城戸は、本庁組織犯罪対策部第四・五課に長く所属していた。つまり、元暴力団係刑事だ。裏社会に精通し、やくざの知り合いも多かった。

本人の風体（ふうてい）も組員とあまり変わらない。実際、よく筋者（すじもの）と間違えられている。短髪で、肩をそびやかして歩く。服装も派手好みだ。

だが、人柄は温厚だった。酒飲みだが、スイーツにも目がない。

交際相手は競艇選手だ。恋人は、ちょくちょく地方のボートレース場に遠征している。

城戸は、好きな女性と頻繁（ひんぱん）にメールを遣（や）り取（と）りしていた。それだけでは物足りないらしく、よく電話もかけている。

最後に連絡を取ったメンバーは雨宮梨乃（あまみやりの）巡査長だった。

二十八歳の梨乃はかなりの美女だ。極秘捜査班に引き抜かれるまで、本庁捜査二課知能犯係として大型詐欺、汚職、企業犯罪の捜査を担当していた。

美人刑事は犯罪心理学に長（た）けていた。事件関係者の表情、仕種（しぐさ）、話し方などで、心の動揺や虚言をたちまち見抜く。それこそ嘘発見器（ポリグラフ）並（なみ）だ。

梨乃は利発で、色気もある。プロポーションは申し分ない。ファッションセンスも光っている。言い寄る男たちは多いが、常に凜（りん）としていた。私生活は謎だらけだった。

剣持は大股で歩きだし、雑居ビルに足を踏み入れた。

エレベーターで五階に上がる。ペーパーカンパニーのドアは施錠されていた。部下たち三人には、ダミーの事務所の鍵を渡してある。

「主任のおれが一番乗りか」

剣持は独りごち、ドア・ロックを外した。

秘密刑事部屋の広さは、およそ七十畳だ。出入口に近い事務フロアに四卓のスチール製のデスクが据えられ、その右手には八人掛けの応接セットが置かれている。

窓側には、会議室、無線室、銃器保管室が横一列に並んでいた。ガンロッカーのキーは主任の剣持しか持っていない。

極秘捜査班のメンバーは出動指令が下されなければ、毎日が非番だった。本庁舎に登庁する義務はもちろん、アジトの『桜田企画』に詰める必要もなかった。

秘密刑事部屋を訪れるのは、約二カ月ぶりだった。新宿署管内で発生したウクライナ人ホステス殺人事件の極秘捜査で集まって以来だ。

その事件は複雑に思えたが、偽装工作を見破ると、加害者はなんなく割り出せた。犯人は同僚ホステスだった。上客の奪い合いが確執(かくしつ)を招いた犯行で、わずか三日で剣持たちは絞殺事件を解決させた。

フロアは光沢を放っている。埃(ほこり)一つ落ちていない。部下の城戸と梨乃が交互にアジトの掃除を定期的にしてくれている。

剣持は奥の銃器保管室に直行し、ガンロッカーの中を点検した。

普通の警察官には、シグ・ザウエルP230JPかS&WのM360が貸与されている。

といっても、拳銃を常時携行しているのではない。被疑者を検挙するときや暴力団組事務所を手入れする場合にハンドガンと実包が貸し出される。

極秘捜査班のメンバーは例外だった。特別にアメリカ製のコルト・ディフェンダー、ブローニング・アームズBMD、オーストリア製のグロック25・28・31・32、イタリア製のベレッタ92FSなどの常時所持が認められていた。

発砲にも特に制限はない。犯罪者たちが銃刀や火器をちらつかせなくても、威嚇射撃は可能だ。

メンバーの過剰防衛が問題化したら、上層部がうまく後処理をしてくれることになっていた。囮捜査も認められている。つまり、非合法捜査もできるわけだ。

剣持は柔剣道の有段者である。どちらも三段だが、射撃術は上級だった。

三十メートル離れた直径十五センチの標的に二十発のうち十五発以上命中させなければ、上級とは判定されない。剣持は、たまに一、二発外す程度だった。

射撃上級者の数は多くなかった。特殊訓練を受けたSATやSIT隊員には及ばないが、剣持の射撃術は要人の護衛に当たっているSP並だ。三人の部下たちは中級だったが、的が二十メートル以下のときは撃ち損じることはなかった。

剣持たち四人は状況に応じて、拳銃を使い分けていた。場合によっては、二挺ずつ携行することもあった。

剣持はガンロッカーの扉を閉め、隣の無線室に入った。すべての機器のスイッチをオンにして、事務フロアに戻る。

応接ソファに腰かけたとき、雨宮梨乃が秘密刑事部屋に駆け込んできた。ライトブラウンのパンツスーツに身を包んでいる。シャツブラウスは白だ。

「近くのレストランで昼食を摂ってたんですよ。指定された午後一時に間に合うように走ってきました」

「滑り込みセーフだな。雨宮が食事に行く前に掃除をしてくれたんだ？」

「はい、ざっとですけど」

「ありがとう。助かるよ」

「ずっと非番だと、時間を持て余しちゃうんですよ。それで少し早めに来て、床掃除をしたんです」

「雨宮は結婚したら、いい奥さんになるだろうな。どうなんだ、男関係は？」

「その質問はセクハラになるんじゃありませんか？」

「当分、結婚する気はないか」

「ええ。いまの極秘捜査は、やり甲斐がありますので。わたしのことよりも、主任のほうはどうなんです？」

「何が？」

「あら、とぼけちゃって。徳丸さんの話だと、美人弁護士さんは綺麗なだけじゃなく、色香もあるんですってね。それに頭が切れるんでしょうから、もうパーフェクトではありませんか」

「まだ知り合って四カ月なんだ。先のことまで深く考えてないよ」

剣持は話をはぐらかして、セブンスターをくわえた。

梨乃が意味ありげに笑い、ポットやサイフォンの載っているワゴンに歩み寄った。緑茶かコーヒーを淹れてくれるのだろう。

煙草を二口ほど喫ったとき、アジトに巨漢の城戸が入ってきた。肩が上下に弾んでいる。

「遅くなりました。課長と理事官は、まだ来てないっすよね？」

「ああ」

「よかった！　山口のボートレース場に遠征してる亜希が最近、好成績を出せないんで、そろそろ引退の潮時かもしれないなんて気弱なことを電話で言ってきたんですよ。で、おれ、発破をかけてやってたんす」

「そうか。ま、坐れよ」

剣持は巨漢刑事を正面のソファに腰かけさせた。そのすぐ後、徳丸がやってきた。

「徳丸さん、昨夜も閉店まで『はなます』で飲んでたんでしょ？」

剣持は元スリ係に声をかけた。

「そうじゃねえんだ。昔、おれが更生させた六十代の元箱師の通夜に出て、亡骸のそばに朝までいてやったんだよ」

「こっちが電話したとき、通夜の席にいたんですか？」

「そう。通夜といっても、身寄りのないおっさんだったから、昔のスリ仲間が二人いただけだけどな」

「病死だったんですか？」

「ああ、肝硬変で死んじまった。足を洗ってからビル清掃員として真面目に働いてたんだが、家族がいないんで淋しかったんだろうな。毎晩、深酒してたんだよ。享年六十七だった。酒をもう少し控えてりゃ、あと十年は生きられたんだろうがな」

徳丸が言いながら、城戸のかたわらの椅子にどっかと坐った。目が腫れぼったい。寝不足なのだろう。

「徳丸(トク)さん、故人の告別式はきょうだったんでしょ？」

「そうなんだ。おれは出棺に立ち会ったけど、火葬場には行かなかったんだよ。いったん自分の家(ヤサ)に戻って、アジトに来たんだ」

「ということは、ほとんど寝てないんだろうな」

「一時間半ぐらい横になったから、大丈夫だよ。今回の事件(ヤマ)は、先月の四日に刺し殺された元ＩＴ関連企業社長の丸岡剛一が被害者(マルガイ)だったな」

「ええ、そうです。間もなく鏡課長と一緒にやってくる二階堂理事官が例によって、初動及び第一期捜査資料を持ってきてくれるでしょう。むろん、鑑識写真もね」

「マスコミ報道によると、殺された丸岡剛一は自分の会社が着実に経常利益を出してたように粉飾決算して、投資顧問会社や個人投資家を騙してたようっすよ。そうしたスポンサー筋が怪しいんじゃないかな」

　城戸が口を挟み、剣持に顔を向けてきた。

「報道で得た予備知識にあまり捉(とら)われないほうがいいな。先入観に引きずられると、判断を誤ることがある」

「そうっすね」

「実は今回の被害者の異母弟ときのうの夕方、たまたま知り合うことになったんだよ」

剣持は、部下たちに前日の出来事を喋った。

梨乃が四つのマグカップを卓上に置き、剣持の横のソファに浅く腰かける。

「被害者が自己破産してるのに、『友愛ファイナンス』は腹違いの弟に負債を肩代わりしろと迫ってたなんてひどい話ですね。主任、悪質な街金を野放しにさせといてもいいんですか」

「いいわけないさ。だから、おれは丸岡剛一の借用証を燃やして、異母弟が取り立てられた十万円も取り戻してやった」

「それだけでは……」

「雨宮が言いたいことはわかるよ。だがな、街金の摘発は極秘捜査班の守備範囲じゃない。一応、『友愛ファイナンス』が違法な取り立てをしてた事実は二階堂理事官に伝えておく」

剣持は美人巡査長をなだめ、マグカップを摑み上げた。ブラックでコーヒーを啜る。

部下たちが剣持に倣った。

それから数分後、鏡課長と二階堂理事官が連れだって秘密刑事部屋を訪れた。理事官は水色のファイルと蛇腹封筒を抱えていた。

二階堂は警察官僚だ。もうひとりの理事官と十三人の管理官を束ねる要職に就いているが、少しも尊大ではない。万事に控え目で、賢さをひけらかすこともなかった。まだ四十九歳で、知的な面差しだ。額は禿げ上がっているが、動作は若々しい。

二階堂理事官は早婚だったせいで、早くも二歳二カ月の孫娘がいる。ひとり娘が大学を中退して、シングルマザーになったからだ。

娘と孫は理事官宅に同居している。シングルマザーの娘は介護施設で働いているそうだが、月給は手取りで十八万円にも満たないらしい。当分、実家の世話になるのではないか。

二階堂の妻は人気絵本作家だ。著作の印税が年に二千万円ほど入るようだが、その半分は匿名で福祉施設に寄附しているという。

五十五歳の鏡課長は、ノンキャリア組の出世頭である。中堅私大の二部を卒業した苦労人で、長いこと捜査畑を歩いてきた。落としの恭さんの異名を持つ。

外見は厳ついが、神経はラフではない。

目下の者たちによく気を配り、犒うことを忘れなかった。酒豪だ。酒席で乱れたことは、ただの一遍もない。一男一女を育て上げ、同い年の妻と杉並区内の戸建て住宅で暮らしている。夫人も気さくだった。

「約束の時間よりも少し遅れてしまったね。みんな、申し訳ない！　勘弁してくれないか」

鏡課長が、椅子から立ち上がった剣持たち四人に謝った。

剣持は部下たちに目で合図して、先に会議室に足を向けた。すぐに徳丸たち三人が従いてくる。チームの四人は、窓側の椅子に横一列に並んで腰かけた。細長いテーブルの向こう側に二人の警視正が着席する。

「いつものように、これまでの捜査資料と鑑識写真に目を通してくれないか」

二階堂理事官が中腰になって、剣持たち四人にファイルを差し出した。各自が水色のファイルを受け取る。

剣持は、真っ先にファイルの間に挟まれている鑑識写真の束を手に取った。二十葉以上あった。

被害者の丸岡剛一は、豊島区巣鴨の裏通りの路上にくの字に転がっていた。心臓部と右頸部を鋭利な刃物で刺し貫かれ、上半身は血みどろだった。着衣も血塗れだ。両手の掌には、幾条か防御創が見られる。

被害者の目は半開きで、口は歪んでいた。苦しげな死顔だ。凶器は遺体のそばには落ちていない。加害者が血糊の付着した刃物を持ち去ったと思われる。

剣持は鑑識写真を繰り終えると、初動及び第一期捜査の事件調書を読みはじめた。

司法解剖所見で、死亡推定日時は三月四日の午後十時から午前零時の間とされた。事件現場は、被害者が住んでいた『巣鴨コーポ』から直線で二百四十メートルあまり離れた路上だった。

遺体から七、八メートル北に、コンビニエンスストアの袋が転がっていた。中身は調理パン、カップ麺、牛乳、ヨーグルトなどだった。

ビニール袋とレシートから、殺害された丸岡剛一の指紋が検出されている。被害者はコンビニエンスストアで買物を済ませて、自宅アパートに戻る途中で襲われたのだろう。

犯行を目撃した者はいなかった。ただ、事件現場の近くに住む五十代の男性が裏通りで男同士が揉み合う物音を聞いている。初動班は同じ証言を複数人から得ていた。しかし、口論の内容までは誰も聞き取っていない。

また、犯人が駆け足で逃げる靴音を耳にした者もいないようだ。加害者は丸岡が絶命したことを確認して、悠然と立ち去ったのだろうか。

そうだとしたら、犯罪のプロの仕業臭い。犯人が普通の市民なら、冷徹な人間なのだろう。丸岡の所持金は持ち去られていない。動機は怨恨なのか。通り魔殺人ではなさそうだ。

事件通報者は、裏通りに面したワンルームマンションに住む二十六歳の男性コンピューター・エンジニアだった。巣鴨署刑事課と本庁機動捜査隊は、通報者のアリバイを調べた。アリバイは立証され、丸岡とは面識がないことも明らかになった。

第一期捜査を担った刑事たちは、丸岡が六年前に興(おこ)した『デジタルネーション』が倒産するまでの流れを追った。丸岡は粉飾決算で会社経営が順調であるよう見せかけ、増資を繰り返していた。株主に対する背信行為である。

丸岡は投資顧問会社や一般株主を欺(あざむ)きながら、事業を継続していたわけだ。しかし、そのうち資金繰りがつかなくなった。そして、結局は倒産に追い込まれた。

代表取締役社長だった丸岡は私文書偽造、出資法違反、詐欺罪で起訴され、東京拘置所に収監された。

だが、丸岡は起訴前に個人資産を密かに交際中の元タレントの重森香奈(しげもりかな)に預けていたことがわかった。隠し金は現金で五億円だった。

重森香奈は事情聴取の際、そのことを打ち明けた。しかし、丸岡の隠し金は香奈が外出中に全額盗まれてしまったという。丸岡が殺害される十日前のことだった。

香奈は釈放された丸岡にすぐにも会いたいと電話したらしいが、丸岡は彼女に直(じか)に会うことは避けたいとはっきりと口にしたそうだ。

それには理由があった。丸岡は計画倒産を看破されることを恐れ、起訴される前に起業家仲間、投資顧問会社、企業舎弟、闇金業者から金を借りまくっていた。捜査本部は貸し主をすべて調べ上げている。やくざマネーまで借り受けた丸岡は、かなり強かな男だったのだろう。

捜査本部は、丸岡の口車に乗せられて数千万円から一億円を融資した投資顧問会社や金融業者を徹底的に調べ上げた。特に企業舎弟のバックの暴力団を重点的にマークしたようだ。しかし、疑わしい人物は捜査線上には浮かばなかった。

「初動と第一捜査が甘かったんじゃねえのか。どう思う？」

徳丸が剣持に問いかけてきた。

「そうなんでしょうか」

「おれは企業舎弟の『明和エンタープライズ』のバックの仁友会が一億ものやくざマネーを丸岡にまんまと騙し取られたんで、準構成員あたりに刃物で始末させたんじゃねえかと筋を読んだんだ。そうじゃなかったら、丸岡の彼女だった重森香奈もちょいと怪しいな」

「そう疑う根拠は？」

「香奈は自宅マンションに丸岡の隠し金を五億も預かってたんだ。大金を現金で眺めてりゃ、おかしな気持ちになってくるんじゃねえか」

「大金に目が眩(くら)んだとしても、丸岡と重森香奈は恋人同士だったんですよ」

「香奈って女は元タレントだったんだよな。丸岡剛一の羽振りがよさそうなんで、自分から接近したとも考えられる。そういう打算的な女なら、五億円欲しさにネットの裏サイトで殺人(コロシ)を請け負ってくれる奴を見つけて、そいつに……」

「丸岡を殺(や)らせたのかもしれないと推測したんですね？」

剣持は確かめた。徳丸が大きくうなずく。

「徳丸君はせっかちだな。じっくり捜査資料を読み込んでほしいね」

鏡課長が微苦笑し、隣の理事官を顧(かえり)みた。

二階堂が膝の上に置いた蛇腹封筒を心得顔で卓上に置く。

「いつもと同じように二百万円の現金が入ってる。五十万ずつ四人で分けて、捜査費に充(あ)ててくれないか。領収証は必要ない。足りなくなったら、遠慮なく申し出てくれ。すぐに補充するよ」

「お預かりします」

剣持は、厚みのある蛇腹封筒を押しいただいた。

4

事件調書の写しを卓上に置く。

剣持は目頭を軽く押さえた。捜査資料を読み返したところだった。アジトの会議室である。

捜査一課長と理事官は、二十数分前に本庁舎に戻った。三人の部下はテーブルの反対側に移っていた。美人刑事は、徳丸と城戸に挟まれる形だった。

「城戸は、どう筋を読んだ？」

剣持は巨漢刑事に訊いた。

「徳丸さんがさきほど言ってたように、企業舎弟(フロント)の『明和エンタープライズ』の連中が捜査本部事件に関わってるような気がするっすね。仁友会の本部がフロントに財テク目的で預けた金のうち、一億円も『デジタルネーション』に投資して回収不能になったわけですから」

「『明和エンタープライズ』を仕切ってるのは、仁友会の幹部なんだろう？」

「ええ、そうです。右近卓(うこんすぐる)って名で、植草(うえくさ)組の若頭(わかがしら)補佐っすよ。四十五、六歳ですが、

二、三十代のころは武闘派やくざとして暴れてた男です。左目は義眼なんですよ。若いころに横浜の組員に千枚通しで突かれて失明したんです。逆上した右近は相手を半殺しにして、二年七カ月ほど服役しました」
「やくざマネーを詐取したと思われる被害者は、いい度胸してるな」

「ええ。丸岡剛一はもう会社が保たないとわかってたんで、捨て身になったんじゃないっすか」

「そうなんだろうな。堅気に虚仮にされたんじゃ、やくざの面目は丸潰れだ。『明和エンタープライズ』が丸岡を若い者に始末させた可能性もあるだろうな」

「そうっすね。でも、右近が事件に関与してないとしたら、丸岡と二年前に別れた元妻の三枝みずき、三十二歳の存在もちょっと気になるな」

「資料によると、みずきは離婚後、会社整理屋の堀内亮太という四十歳の男と親密な間柄になってるな」

「早い話、みずきは堀内の愛人になったんでしょう。堀内は名門私大出身の経済やくざとして、数多くの中小企業を乗っ取ったみたいっすよね？」

「捜査資料には、そう記述されてたな」

「初動捜査で三枝みずきと堀内亮太の事件当夜のアリバイの裏付けは取れてるらしいん

すけど……」

城戸が言い澱んだ。

「どっちかがアリバイを偽装工作した疑いがあると思ったようだな？」

「ええ、まあ。三枝みずきは、来月、代官山に高級輸入家具販売店をオープンさせる予定だと資料に記されてましたでしょ？」

「城戸は元妻が経済やくざの堀内と共謀して丸岡剛一の隠し金を略奪し、丸岡を第三者に葬らせたと推測したんだ？」

「そうっす」

「みずきに開業資金を提供したのは、彼氏の堀内亮太とも考えられるじゃないか」

「そうなんですけど、元妻は丸岡剛一の度重なる浮気に腹を立てて離縁を申し立てたみたいっすよね。丸岡は、わずか三百万円の慰謝料しか払ってません」

「確かに慰謝料は多くないな。しかし、みずきは夫に愛想を尽かしてたんだろうから、慰謝料の額には拘ってなかったんじゃないのか」

「おれも、そう思うね」

徳丸が剣持に同調した。城戸が口を開く。

「でも、徳丸さん、みずきの彼氏は会社喰いなんすよ」

「堀内は金に貪欲な野郎なんだろうな。けど、インテリやくざなんだ。殺人はむろん、殺人教唆も割に合わねえことは知ってるはずだ。おそらく、三枝みずきの開業資金は堀内が工面したんだろうよ」

「そうなんすかねえ」

「城戸、いま、おれを小ばかにしたように笑ったな。元スリ係の筋読みなんか外れてると思ってやがるんだろうが！」

「僻まないでほしいな。おれ、徳丸さんをせせら笑ったりしてないっすよ」

城戸がグローブのような手を大きく振った。

「ほんとか？」

「本当ですって」

「徳丸さん、大人げないですよ」

剣持は、年上の部下をやんわりと窘めた。

「半分、冗談さ。城戸に本気で絡んだりしねえって。レスラーみてえな大男とファイトしたら、こっちがのされちまうからな」

「それは間違いないでしょう。それはともかく、徳丸さんは『明和エンタープライズ』の関係者を洗い直してみるべきだと考えてるんでしょ？」

「そうしたほうがいいと思うよ。それから、丸岡剛一の彼女だった重森香奈の交友関係も洗い直すべきだろうな。けど、三枝みずきと堀内亮太の二人を調べ直す必要はないんじゃないか。初動と第一期捜査で、どっちもシロと判断されたんだから、わざわざ無駄なことはしなくてもいいだろう。剣持ちゃんは、どう考えてる？」

「丸岡の元妻と堀内って経済やくざは、本部事件に関与してなさそうですね。仁友会の企業舎弟（フロント）は丸岡に投資した一億円が回収不能になったわけだから、腹を立ててたと考えられます」

「重森香奈は怪しくない？」

徳丸が問いかけてきた。

「捜査資料を読んで特に丸岡の彼女が不審だとは感じませんでした。ただ、定収入があったわけじゃないんで、香奈が五億円という大金に目が眩んだ可能性はゼロじゃないかもしれません」

「そうだな。念のため、香奈を少しマークしてみようや」

「ええ、そうしましょう」

剣持はいったん言葉を切って、梨乃に話しかけた。

「雨宮の筋読みを聞かせてくれ」

『明和エンタープライズ』と重森香奈を洗い直すことには、わたしも賛成です。どちらも疑える要素はありますので」

「そっちは、ほかに気になる人物がいるのか？」

『デジタルネーション』の副社長だった浅利克巳、三十四歳は粉飾決算をして顧問投資会社や個人投資家たちを騙すような形で増資を繰り返すことに反対してました。それで、経営のスリム化を図るべきだと丸岡に進言してたようです」

「ああ、資料にそう記入されてたな。しかし、丸岡剛一は聞く耳を持たなかった。それどころか、右腕の浅利を陥れたようだ」

「ええ、そうですね。丸岡は幹部社員たちを抱き込んで、浅利副社長が社外秘情報をライバル社に流してたという噂を流して辞表を書くよう迫ったんでしょう」

「その上、丸岡は出資法違反容疑で警察の事情聴取を受けた際、粉飾決算は浅利副社長が独断でやったことで自分はまったく知らなかったと言い逃れようとした」

「その後、丸岡の嘘はバレてしまったわけですけどね」

「そうだな。結局、丸岡は私文書偽造、出資法違反、詐欺罪などの容疑で逮捕され、『デジタルネーション』は倒産してしまった。しかし、丸岡はその前に隠し金の五億円を交際中の重森香奈に預けてあったから、計画倒産だったと疑われても仕方がない」

「そうですね」

「丸岡は倒産前に金策に駆けずり回る振りをして、起業家仲間、投資顧問会社、個人投資家、企業舎弟、闇金業者から総額三億五千万円ほど借り受けた。異母弟の丸岡謙輔の話によると、その一部は社員たちの給料に充てられたようだがな。捜査資料にそう書かれてた」

「残りは丸岡の個人資産として、交際女性の自宅マンションに運ばれたんでしょうね」

「多分、そうなんだろう」

「倒産の危機に直面してる『デジタルネーション』に運転資金を回してやった起業家仲間や投資顧問会社は、丸岡社長に裏切られたという思いを持ったと思うんですよ。隠し金のことは知らなかったとしても、計画倒産だったかもしれないと思い当たれば、投資金を詐取されたと腹立たしく感じるでしょう」

「同じIT関連会社を経営してる『コスモサイバー』の有働将人社長は同い年ということもあって、丸岡に四千万円を回してやったんだったな?」

「そうです、そうです。『コスモサイバー』も二年連続で赤字経営だったみたいで、だいぶ有働氏は無理をしたんでしょうね。それなのに、丸岡に友情を踏みにじられたわけですので……」

「頭に血が昇ったはずっすよ」

城戸が話に割り込んだ。剣持は手で梨乃を制し、先に口を開いた。

「事件調書には、有働将人にはアリバイがあると明記されてたぞ」

「でも、『コスモサイバー』の社長が流れ者か誰かを使って、丸岡剛一を始末させたとも考えられるっすよね？」

「四千万が回収不能になったからって、第三者に丸岡を始末させる気になるだろうか」

「主任、有働将人は侠気がある奴なんでしょう。だから、自分の会社が赤字でも、四千万円を丸岡に融通してやったんだと思うんすよ」

「そうだったんだろうな」

「だけど、貸してやった金を丸岡が個人的にプールしてたと知ったら、有働の血は逆流するでしょ？」

「当然、腹を立ててるだろうな。だからといって、丸岡の隠し金を奪い、ついでに命を奪う気になるかね。そんな短絡的な人間は会社経営はできないんじゃないのか？」

「そう言われると、確かに……」

「別に浅利克巳を疑ってるわけではありませんけど、彼のアリバイは裏付け（ウラ）が取れてないんですよね」

梨乃が事件調書を捲(めく)りながら、城戸の声に言葉を被(かぶ)せた。

「そうだな。『デジタルネーション』の副社長だった浅利は事件当夜、桜上水(さくらじょうすい)の自宅マンションに夕方に戻って、午後九時前には就寝したと供述してたんじゃなかったか？」

「ええ、そうです。知り合いが営んでるベンチャー企業の手伝いをしてて前日から徹夜で、とにかく眠かったみたいですね。隣の部屋に住んでる者が浅利克巳は午後六時前後に帰宅したと証言してますので、供述通りなんでしょう。ただ、一点だけ気になることがあるんですよ」

「どんなことが気になるんだ？」

「浅利克巳の趣味は、ナイフの手造りです。自宅にはハンドメイドの各種のナイフが飾ってあったと調書に付記されてました」

「そのことは、うっかり見落としてしまったな」

「丸岡の傷口から、犯行に使われたのは刃渡り十五、六センチの両刃のダガーナイフと推定されています。金物屋では通常、売られてない刃物ですよね。ミリタリーショップやナイフ専門店、それからネット販売でしか手に入らない代物(しろもの)なんでしょう。ひょっとすると、凶器は手造りされた物なのかもしれません」

「その可能性は否定できないだろう」

「ええ、それだけで浅利克巳を疑うことはできませんけどね。だけど、丸岡は『デジタルネーション』の副社長に粉飾決算の罪を被せようとしました。浅利は再就職活動が思うようにいかないんで、前途を悲観してたと想像することもできます。何らかの形で丸岡が隠し金を確保してから、計画通りに『デジタルネーション』を潰したんだと知ったら、副社長は二重に丸岡に裏切られたと思うんじゃないのかしら」

「そうだったとしたら、浅利がこっそりと自宅マンションを抜け出して、手製のダガーナイフで丸岡剛一の頸部と心臓部を刺したんだろうか」

「浅利が自ら手を汚したとは思えません。そうする気があったら、もっと確実なアリバイを工作して犯行に及ぶでしょう」

「浅利が事件に絡んでるとしたら、ハンドメイドの刃物を雇った実行犯に渡しただけなのかな」

「ほかの起業家仲間たちは、一千五百万円程度しか丸岡に貸してません。それだって大金は大金ですが、それぞれ事業をやっています。丸岡に一千五百万円前後を詐取されたとしても、殺意は覚えないと思いますよ」

「だろうな。犯人は丸岡を刺殺する前に、五億円の隠し金を奪ったと思われる。そう考えると、浅利のほかの起業家仲間はシロなんだろう」

「投資顧問会社は数千万ずつ丸岡に回してますが、被害額はさほど大きくありません。怪しいのは、仁友会の企業舎弟の『明和エンタープライズ』と『デジタルネーション』の副社長だった浅利克巳ですかね」

「その二人も疑わしいが、丸岡とつき合ってた重森香奈も洗い直すべきだよ」

徳丸が剣持に言った。

「そうですね」

「城戸は組対四・五課に長くいたから、右近卓に面が割れてるだろう。剣持ちゃんとおれが仁友会のフロントの社長に鎌をかけてみようや」

「そうしましょう。城戸・雨宮ペアには、取りあえず『デジタルネーション』の副社長だった浅利克巳を洗い直してもらおう。どちらからも手がかりを得られなかったら、重森香奈をマークしてみる。そういう段取りで、極秘捜査を開始しよう。各自、拳銃を選んでくれないか」

剣持は先に会議室を出て、銃器保管室に移った。

第二章　汚い裏仕事

1

黒いスカイラインが先に発進した。

運転しているのは梨乃だった。城戸は助手席に坐っている。アジトのある雑居ビルの地下駐車場だ。

剣持は、灰色のプリウスの運転席に腰を沈めた。徳丸が助手席に乗り込んだ。ドアが閉められる。

スカイラインもプリウスも、『桜田企画』名義の車だ。警察車輛のナンバーの頭には、たいがい〝さ行〟か〝な行〟の平仮名が冠されている。無線のアンテナも隠しようがない。

そんなことで、極秘捜査班はペーパーカンパニー名義の車を主に使っていた。レンタカーを利用することもあった。

剣持たち四人は隠れ捜査をしている。素姓を明かして聞き込みをすることは少なかった。フリージャーナリスト、探偵、新聞記者、恐喝屋などに化けて事件関係者に接触し、手がかりを得ていた。そのため、メンバーたちは各種の名刺と偽造身分証明書を使い分けている。

やむを得ない場合に限って、警察手帳を呈示する。そのときは、相手に所属部署を覚られないようにしていた。

「『明和エンタープライズ』のオフィスは、赤坂五丁目にあるんだったな」

徳丸が言った。

「そうです。番地から察すると、ＴＢＳのそばにあるようですね」

「剣持ちゃん、おれたちは何屋になりすまして社長の右近卓に接触する？」

「フリーの回収屋に化けましょう。踏み倒された賃金や横領金をおれたち二人で回収して、総額の二十パーセントを成功報酬として貰ってることにしませんか」

「街金の取り立て屋とは違う回収屋を装うってわけだな？」

「ええ、そうです。主に裏社会からの依頼をこなしてるってことにするんですよ。たとえば、組の金や麻薬を持ち逃げした奴らの行方を追ってるとかね」

「そっちの思いつきにケチをつける気はないけど、『明和エンタープライズ』は仁友会の企業舎弟(フロント)だぜ。取り立てや追い込みは、てめえらでやってると思うがな」

「すでに右近が丸岡に融通した一億円を回収してたとすれば、隠し金を奪って丸岡を片づけた可能性もあります」

「あっ、そいつは考えられるな」

「まだ丸岡に回した一億円を回収してないとしたら、右近社長はこっちの売り込みに興味を示すでしょう」

「ま、そうだろうな」

「『明和エンタープライズ』がもう一億円を取り戻してるんだったら、仁友会の企業舎弟が本部事件に関与してる疑いが濃くなりますね」

「一億円をまだ回収してねえんだったら、シロと思っていいわけだ」

「ええ。とにかく、右近に鎌をかけてみましょうよ」

剣持はプリウスのエンジンを始動させた。地下駐車場のスロープを登り、雑居ビルの外に出る。

西新橋周辺の道路は、やや渋滞していた。剣持は裏通りを選んで車を走らせた。

『明和エンタープライズ』を探し当てたのは二十数分後だった。

企業舎弟のオフィスは雑居ビルの七階にあった。剣持はプリウスを雑居ビルの近くの路上に駐(と)め、運転席を離れた。徳丸はすでに車を降りていた。

二人は雑居ビルに足を踏み入れ、エレベーターで七階に上がった。『明和エンタープライズ』の事務所はエレベーターホールの左側にあった。

剣持たちコンビは企業舎弟のオフィスに足を向けた。

ドアをノックする前に、オフィスから二十代後半の男性が姿を見せた。社員だろう。荒(すさ)んだ印象は与えない。地味な色のスーツを着込み、きちんとネクタイを結んでいる。

「『明和エンタープライズ』の社員の方かな」

剣持は相手に確かめた。

「はい、そうです」

「おたくの会社が潰れた『デジタルネーション』に回した一億円は、もう回収したのかな?」

「いいえ、焦(こ)げついたままです。失礼ですが、あなた方は?」

「おれたちは回収屋なんだ。といっても、街金の取り立て屋(キリトリ)じゃないぜ。大口債権や着服金を回収してるんだ。右近社長はオフィスにいるんだろ?」

「ええ」

「なら、取り次いでくれないか。おれは佐藤、相棒は中村っていうんだ」

「少々、お待ちください」

男性社員が引っ込んだ。剣持は徳丸と顔を見合わせ、にんまりとした。

数分待つと、取り次ぎを頼んだ社員が急ぎ足で戻ってきた。

「お目にかかるそうです」

「それじゃ、お邪魔するよ」

剣持たちは事務所に入った。事務フロアには十卓ほどスチール製のデスクが置かれている。立ち働いている男女は、いずれも真面目そうだった。堅気なのだろう。

「社長室は奥にあるんです」

男性社員がそう言って、案内に立った。剣持たちは後に従った。男性社員が社長室のドアを開ける。

「ありがとう」

剣持は男性社員に礼を述べ、先に社長室に入った。徳丸も入室する。

社長室は二十畳ほどのスペースだった。手前に応接セットが置かれ、その向こうに両袖机が見える。社長の右近は書類に目を通していた。

「アポなしで押しかけて申し訳ありません」

剣持と徳丸は、それぞれ偽名を口にした。

「うちの会社が去年、『デジタルネーション』の丸岡社長に一億円ほど融資したことは誰から聞いたのかな？」

「それは企業秘密です。情報提供者に迷惑かけたくないのでね」

「ネットワークがあるようだな。ま、坐りなさいよ」

右近が穏やかに言った。しかし、目は笑っていない。明らかに不審な訪問者たちを警戒している。

右近はいかにも仕立てのよさそうな紺系のスーツをまとっているが、筋者（すじもの）特有の雰囲気は消えていない。剣持たちは、歩み寄ってきた右近にそれぞれ偽名刺を渡した。右近は自分の名刺を出そうとしなかった。名刺を悪用されると思ったのか。

剣持は徳丸を長椅子の奥に坐らせ、自分も腰を沈めた。右近が剣持と向かい合う位置に腰を下ろす。

「おたくらは素っ堅気じゃないのかもしれないが、どこの組にも足（ゲソ）をつけたことはなさそうだな」

「わかりますか」

剣持は言った。

「わかるさ。盃(さかずき)を貰った者は、共通して捨て身になったふてぶてしさがある。しかし、おたくらからはそういう気配は伝わってこない。最近は半グレが多くなってる。組員になっても大幹部になれなきゃ、いい思いはできないからね。なまじ筋を嚙んだりすると、自由に動けなくなるからな。フリーでシノギができるんだったら、そのほうが利口かもしれない」

「二人とも組織に入る気はないんですよ」

「そのほうがいいだろう」

右近が言って、茶色い葉煙草(シガリロ)をくわえた。黒漆(くろうるし)塗りの高級ライターで火を点けると、少し癖のある香りが立ち昇りはじめた。

「情報源(ネタモト)は明かせませんが、『明和エンタープライズ』さんは、『デジタルネーション』が倒産する前に丸岡社長に一億円貸し付けて回収不能になったという話をキャッチしたんですよ。それは事実なんでしょ？」

「癪(しゃく)な話だが、その通りだよ。丸岡は会社が赤字つづきだったのに、毎年年商がアップしてると偽って『明和エンタープライズ』に一億円の融資を申し込んできたんだ。粉飾決算書に騙されて希望額を回してやったんだが、丸岡の野郎は最初っから返済する気なんかなかったにちがいない。高配当という餌(えさ)に釣られちまったんで、上の理事さんたちにさんざん説教されたよ」

「焦げついた金はどうされたんです？」

「おれが個人的に穴埋めさせられたよ。一億(イッポン)円集めるのは大変だった。自分の貯えじゃ足りなかったんで、身内や兄弟分から不足分の三千万円を借りたんだ」

「それは苦労させられましたね」

「まいったよ」

「右近さんは一億円を回収できなかったんで、若い者(もん)に丸岡剛一を片づけさせちゃったのかな？」

　徳丸が右近にもろに揺さぶりをかけた。

「先月四日の晩に丸岡は誰かに刺し殺されたが、おれは事件にはタッチしてない。一億円を騙し取られたことは腹立たしかったよ。丸岡の奴は会社が保たねえとわかってたんで、ほうぼうから金を借りまくってたようだからな。だからって、若い衆に丸岡を殺(や)れなんて命じてない」

「社長は仁友会植草組の若頭補佐なんだ。それなりの決着(オトシマエ)をつけなきゃ、笑い者にされるでしょ？」

「確かにこっちは組の幹部のひとりだが、時代が変わったんだ。殺人教唆で逮捕(パク)られたら、おれの人生はそこで終わっちまう。そんなばかな真似はしないよ。一億円の損失は小さくないが、そのぐらいの額なら儲けられる。一、二カ月では無理だけどな」

「右近さんは、丸岡剛一が起訴される前に個人資産をある人物に預けたことは知ってたんでしょ？」

剣持は探(さぐ)りを入れた。

「えっ、そうなのか⁉ 丸岡の野郎は隠し金を知り合いに預けてたのか。それは知らなかったな。くそっ、奴は自己破産したが、それは偽装だったのか。計画倒産だという噂は事実だったんだな」

「それは間違いないでしょう」

「やくざよりも性質(たち)が悪いじゃねえか」

右近がシガリロをくわえたまま、さも悔しそうに歯噛みした。

「その隠し金の額は、五億みたいなんですよ」

「そんな大金を隠してやがったのか。太(ふて)え野郎だっ」

「その五億円は、丸岡剛一が殺(や)られる十日前に知人宅から盗まれてしまったんですよ」

剣持は言った。

「いったい丸岡は、五億の隠し金をどこの誰に預けたんだい？　それを教えてくれりゃ、それ相当の謝礼を払うよ」

「預け先は、はっきりしないんです。しかし、ある程度の見当はついてます。一億円を回収したら、おれたちに二千万円の成功報酬を払ってくれますか？」

「貸金の取り立ての謝礼は、たいてい折半だ。回収額の二割でいいなら、即金で払うよ。いや、待ってくれ。さっき丸岡が隠し金を預けた先には、おおよその見当はついてると言ったよな？」

「ええ」

「一千万やるから、その預け先を教えてくれないか。こっちで隠し金のありかを突き止めて……」

「隠し金をそっくりいただく気になったようですね」

「読まれちまったか」

右近がばつ悪げに言って、大理石の灰皿の底でシガリロの火を揉み消した。

「丸岡が隠し金を預けた先は、右近さんには教えられないな。それはそうと、丸岡の隠し金を横奪り（よこど）した人間に思い当たりませんか？」

「思い当たる人物はいないな」

「そうですか」

「丸岡は自己破産する前にネット相場師を唆して、株価の不正操作をやらせてたようだな」

「ネット相場師というと、インターネットを使って株価を不正につり上げたりしてるんでしょ？」

「そう。ネット相場師は何人かのデイトレーダーを使って、数銘柄に絞って大量に買い注文を継続的に出させて株価を上げる〝買い上がり〟を仕掛けさせてるんだ。それから買いと売り注文を同時に出す〝仮装売買〟を繰り返し、不正に株価を上昇させてるんだよ。そうした手口で株価を高騰させてから保有株を売り抜けて、億単位の利益を得てるんだ」

「丸岡は、ネット相場師に約束の分け前を渡さなかったんですか？」

「そうらしいんだよ。ネット相場師は証券取引法違反で証券取引等監視委員会に告発されて、東京地検の取り調べを受けたんだ。その密告者は、どうも丸岡剛一だったみたいだな」

「右近さん、そのネット相場師はなんて名なんです？」

「ビジネス雑誌には生方徹という筆名で寄稿してるようだが、本名や連絡先までは知らないんだ。ひょっとしたら、そのネット相場師が丸岡の隠し金のありかを突き止めて……」

「五億円を奪って、先月四日の夜に丸岡剛一を刺し殺したんではないかと思われたんですね？」

「別に根拠があるわけじゃないが、そうだったのかもしれないぜ」

「そうなんだろうか」

「おたくらが一億円取り戻してくれたら、その場で二千万円の報酬をきれいに払う」

「わかりました。早速、丸岡の隠し金のありかを本格的に調べてみることにしますよ。そういうことで、きょうはこれで引き揚げます」

剣持は右近に言って、ソファから立ち上がった。かたわらの徳丸も腰を浮かせる。

二人は『明和エンタープライズ』を辞して、エレベーターで一階に降りた。函（ケージ）を出ると、徳丸が口を開いた。

「右近卓は、本部事件には関わってないんじゃねえか。おれの心証ではシロだな。そっちはどう感じた？」

「『明和エンタープライズ』は、今回の犯罪（ヤマ）は踏んでないような気がします。ただ、そう判断してもいいのかどうか。徳丸（トク）さん、しばらく様子を見てみましょうよ」

「右近が空とぼけてるんだったら、何らかのリアクションを起こすだろうって読みだな？」

「そうです。しばらく近くで張り込む真似をしてみましょう」

剣持は徳丸に言って、プリウスに走り寄った。

徳丸が助手席に坐る。剣持はプリウスを雑居ビルの斜め前に移動させ、エンジンを切った。それから彼は、二階堂理事官のポリスモードを鳴らした。スリーコールで通話可能状態になった。

「早くも有力な手がかりを摑んだのかな？」

「だといいんですがね。理事官、生方徹と自称してるネット相場師の素姓を調べてもらえますか。そいつは、株価の不正操作をやって東京地検で取り調べを受けてるはずです」

剣持は詳しいことを伝えた。

「右近が耳にした裏情報が事実なら、生方と称してるネット相場師は丸岡剛一にうまく利用されたことになるな」

「ええ。株価の不正操作をやったのに、約束の取り分を貰えなかったら、丸岡に裏切られたと怒りを募らせるでしょう」

「そうなんだろうが、それだけで丸岡の隠し金を横奪りして、しかも命を狙う気になるかな」

「通称生方は、以前にも丸岡に煮え湯を飲まされたことがあるのかもしれません」

「そういうことがあったとすれば、丸岡に殺意を覚えるだろうね。すぐに新任の服部管理官にネット相場師のことを調べさせて、コールバックするよ」

二階堂が電話を切った。

剣持はポリスモードを上着の内ポケットに戻した。この二月からチームの担当管理官は、服部清人警視正に代わった。

三十四歳の服部は警察官僚だが、前任者のように高慢ではなかった。極秘捜査班の四人を見下すような態度は決して見せない。それどころか、一目置いているようだった。といっても、ノンキャリアに嫌われまいとおもねっている気配はみじんも窺えなかった。根が謙虚なのだろう。

「生方とかいうネット相場師が丸岡剛一にさんざん利用されてたんだったら、殺害動機はあるってことになるんだろうな」

徳丸が呟くように言った。

「一応、動機はあっても、やや弱いと徳丸さんは思ったんでしょ？」

「うん、まあ。仮に生方徹が本部事件の被害者から何度か約束の分け前を貰えなかったとしても、株価の不正操作で儲けることはできるんじゃねえか」

「それはできるでしょうね」

「だったら、丸岡に腹を立てたとしても殺害するまでは激昂しないだろう？　ましてや五億の隠し金を奪う気にはならないんじゃねえか」

「徳丸さん、ネットで株価操作をする際に仕手株を大量に買い漁って、高騰したときに保有株をたくさん売り抜けたほうが儲けはでかいわけでしょ？」

「そうか、そうだろうな。仕手戦の軍資金が多いほど利益はアップする。そう考えると、ネット相場師が丸岡の隠し金を奪う気になっても不思議じゃないな」

「そうだからといって、通称生方徹が丸岡剛一を殺ったとは極めつけられませんがね」

「そうだな。しかし、ネット相場師はシロとも言い切れねえ。剣持ちゃんは、読みが深いな。こっちは元スリ係だから、そういうふうに筋を読めねえんだ。みんなの足手まといになってるのかもしれねえな」

「徳丸さん、もっと自信を持ってください。これまでに何度も勘の冴えを見せてくれたじゃないですか」

「たまたま何度か勘が当たっただけだよ」

「ご謙遜を……」

剣持は口を閉じた。

理事官から電話がかかってきたのは十四、五分後だった。

「生方徹という通称を使ってる男の本名は生島昌史、三十二歳だったよ。ネット投資家の間では著名な存在で、十数億円の資産を持ってるみたいなんだ」

「その資産の多くは、株価の不正操作で得たんでしょうね」

「おそらく、そうなんだろうな。生島昌史は目黒区柿の木坂二丁目三十×番地の洋館で独り暮らしをしてるそうだ。借家なんだが、月の家賃は九十三万円らしい。名門私大の商学部を出てから、一度も就職したことはないという話だったよ」

「株のデイトレーディングで喰ってきたんでしょう」

「少々、変わり者なんだろうな」

「ええ、多分。『明和エンタープライズ』の社長の様子をもう少し見てから、ネット相場師の自宅に回ってみます」

「徳丸警部補と一緒だね?」

「そうです。城戸・雨宮班は、『デジタルネーション』の副社長だった浅利克巳を洗い直してるんですよ」

「そうか。その浅利はナイフの手造りを趣味にしてるというんで、第一期捜査で尾行と張り込みを重ねたようなんだが、クロではないだろうと判断されたらしいんだ。しかし、浅利のアリバイは完璧とは言えないから、これまでの捜査で何か見落としてしまったのかもしれないね」

「少しでも不審な点がある者は、ひとりずつ調べ直してみるつもりです」

剣持はポリスモードの通話終了ボタンを押し、徳丸に通話内容をつぶさに語った。

二人は午後四時半まで雑居ビルのそばに留(とど)まってみたが、怪しい人影がプリウスに近寄ってくることはなかった。

「右近が仁友会の者におれたちの正体を探らせた様子はねえな」

徳丸が生欠伸(なまあくび)を噛み殺しながら、聞き取りにくい声で言った。

「右近は特に疚(やま)しさを感じてないんで、リアクションを起こさないんでしょう」

「だろうな。ネット相場師の自宅に回ろうや」

「そうしますか。徳(トク)丸さん、生島宅に着くまで仮眠を取ったほうがいいな」

剣持はギアをD(ドライブ)レンジに入れた。

2

目黒通りに乗り入れる。

道なりに進めば、やがて柿ノ木坂陸橋に差しかかる。ネット相場師の生島昌史の自宅は、陸橋の右側にあるのだろう。

剣持はプリウスのステアリングを捌きながら、ルームミラーとドアミラーを交互に見た。後続の黒いクライスラーは、赤坂の雑居ビル近くの脇道から滑り出てきた。それから、ずっとプリウスを追尾してくる。

尾行されていることは間違いないだろう。尾けてくる米国車には、二人の男が乗っている。年恰好は判然としない。ハンドルを握っている男は、色の濃いサングラスをかけていた。助手席の男は灰色のハットを目深に被っている。

「徳丸さん……」

剣持は相棒に話しかけた。助手席の徳丸は腕組みをして、居眠りをしていた。寝息はリズミカルだ。

起こすのは気の毒だが、不審な車輛のことを黙っているわけにはいかない。剣持は左手で、徳丸の肩を揺さぶった。

「おっと、寝ちまったな。もうすぐネット相場師の家（ヤサ）に着くのか」

「そうじゃないんですよ。『明和エンタープライズ』を後にしてから、後ろの黒いクライスラーに尾行されてるんです」

「なんだって!?」

徳丸が前に身を乗り出し、ルームミラーに目をやった。

「ナンバープレートが折り曲げられて、両端の数字が読み取れないでしょ？」

「そうだな。間に一台車を挟んでるんで、真ん中の数字も8しか見えねえ。ナンバー照会は無理か」

「走行中は無理でしょうね。おそらく尾行者は、右近卓の手下だと思います」

「右近は若い者（もん）に丸岡の隠し金を横奪りさせ、ダガーナイフで始末させたのかね。だから、おれたちの正体を子分どもに突き止めさせる気になりやがったのか。刑事だったら、高飛び（ジャンプ）しなけりゃならないからな」

「そう読めないこともありませんが、おれは右近がこちらの正体ではなく、動きを若い者に探らせてるんじゃないかと思ったんですよ」

「つまり、丸岡の隠し金五億円を先にかっさらう気になったってことだな？」

「ええ」

「そっちの推測通りなら、『明和エンタープライズ』の右近社長は、やっぱり本部事件に関わってねえんだろうな」

「そう考えてもいいでしょう。しかし、徳丸さんの筋読みが正しかったら、右近が若い衆に丸岡の隠し金を奪わせ、片づけさせたのかもしれません」

「そうなるよな。どっちなのか」

「それを確かめてみましょうよ。柿の木坂を素通りして、怪しい車を寂しい場所に誘い込んでみます」

剣持は徐々に車の速度を上げた。

目黒通りを直進する。クライスラーは間に一、二台の車を挟みながら、執拗に追走してくる。剣持は環八通りを越えると、プリウスを左折させた。多摩堤通りをたどり、等々力緑地の際でプリウスを停める。

等々力緑地は小川に沿って、両側が崖地になっている。樹木が多く、深山幽谷の趣さえある。

クライスラーは三十メートル後方のガードレールに寄せられた。すぐにヘッドライトが消された。いつしか夕闇が濃くなっていた。

「一応、持っていくか」

徳丸がグローブボックスから、コルト・ディフェンダーを摑み出した。アメリカ製の自動拳銃をベルトの下に差し込み、上着の前ボタンを掛ける。

剣持は、スラックスの内側に装着したインサイドホルスターにベレッタ・ジェットファイアーを収めてあった。

イタリア製のポケットピストルだ。重量は二百八十グラムしかない。軽い護身拳銃である。口径は六・三五ミリで、撃鉄露出型のシングルアクションだ。弾倉には、八発装塡してあった。

剣持は徳丸に目配せして、ごく自然に車を降りた。

徳丸がプリウスの助手席から出てくる。二人は肩を並べて数十メートル歩き、緑地に通じている階段を下りはじめた。剣持はさりげなく車道に視線を投げた。クライスラーから二人の男が降り、こちらにゆっくりと歩いてくる。

サングラスで目許を隠した男は細身で、上背もあった。中折れ帽を被った男は、ずんぐりとした体型だ。どちらも三十歳には達していないだろう。

剣持たち二人は川沿いの遊歩道を短く歩き、斜面に生えた樹木の陰に身を潜めた。

少し経つと、男たちが階段を駆け降りてきた。遊歩道で立ち止まり、左右を見回している。

「あの二人、見当たりませんね。兄貴、あいつら、どこに消えたんでしょう？」

「そのへんの暗がりで連れションしてるんだろうよ」

　ハットの男がサングラスの男に答えた。

「そうなのかな。ひょっとしたら、奴らはおれたちに尾けられてることに気づいて逃げ（フケ）たんじゃないですかね」

「プリウスを放置してか？」

「ええ」

「車を置き去りにしたら、奴らの正体がわかっちまうだろうが。そのへんで、立ち小便してるんだよ」

「そうなのかな。一応、逃げてないかどうかチェックしたほうがいい気がしますけどね」

「小杉（こすぎ）、車に戻ろうや」

「でも、あの二人を見失ったりしたら、山崎（やまざき）さんとおれは右近さんに蹴りを入れられそうだな」

「プリウスのロックを外して、車検証を見てみよう。そうすりゃ、あの二人が逃げたとしても、何者かがわからあ。また尾行できるだろうが？」

「それもそうですね」

二人の男が階段に向かった。

剣持は目顔で徳丸に合図し、崖の斜面を一気に駆け降りた。徳丸も下った。

小杉と呼ばれた男が足を止め、サングラスを外した。兄貴分の山崎が振り向き、驚きの声をあげた。

「二人とも動くんじゃねえ」

徳丸がベルトの下からコルト・ディフェンダーを引き抜き、手早くスライドを引いた。初弾が薬室（チャンバー）に送り込まれた。引き金を絞れば、確実に銃弾は発射される。

「そ、それ、モデルガンじゃないよな？」

小杉が徳丸に訊いた。声は幾分、震えを帯びていた。

「真正拳銃（マブチャカ）かどうか、試し撃ちをしてみてもいいぜ」

「やめてくれ！　撃（ハジ）かねえでくれ」

「ヤー公のくせに、根性ねえな。おまえらは仁友会の者なんだろ？　下部組織（エダ）の組名は？」

「おれたちは、やくざじゃない」

ハットを被った山崎が口を開いた。剣持は無言で山崎に接近した。立ち止まるなり、ポケットピストルの銃口を山崎の眉間に押し当てる。

「この護身拳銃の銃声は小さいんだ。ここでぶっ放しても、近所の住民の耳には届かないだろう」

「おたくたち、どこの組員なんだ？　系列を教えてくれねえか」

「おれたちはフリーの回収屋だと右近社長に言っただろうが！　おまえらは、『明和エンタープライズ』の社長の指示でプリウスを尾けてたよなっ」

「右近？　そいつは誰なんでえ？」

山崎が小首を傾げた。

剣持は小さく笑って、膝頭で山崎の腹部を蹴った。山崎が唸りながら、その場に頽れる。

「こいつらに一発ずつ見舞えば、口が軽くなるだろうよ」

徳丸が剣持に言って、コルト・ディフェンダーの銃口を小杉の右肩に密着させた。

「撃たねえでくれよ。おれたちは仁友会植草組の者だ。若頭補佐の右近さんから山崎の兄貴に電話があって、おたくらが何者か突き止めろって言われたんだよ」

「小杉、余計なことを言うんじゃねえ」

山崎が弟分を怒鳴りつけた。

剣持は屈み込んで、山崎の体を検べた。物騒な物は何も隠し持っていなかった。

「おまえは刃物ぐらい持ってそうだな」

徳丸が左手で小杉のポケットを探った。

「匕首や拳銃は持ってねえよ」

「そうみたいだな。右近は、なんでおれたちの正体を知りたがって、動きも気になったんでえ」

「右近さんは、おたくらが刑事かもしれないと思ったんじゃないかな。よく知らないけどさ」

「おれたちが警察の人間なら、何か都合の悪いことでもあるのか。え？」

「そのあたりのことはわからない。おれたちは右近さんのビジネスの内容まで詳しくは知らないんだよ」

「右近を庇いたいようだな」

「そういうわけじゃないって。本当に知らないんだよ、おれはさ」

「兄貴分の山崎は、『明和エンタープライズ』のことを少しは知ってそうだな」

「………」

小杉は口を噤んだままだった。肯定の沈黙だろう。

剣持は、ふたたびベレッタ・ジェットファイアーの銃口を山崎の眉間に突きつけた。

「おれも知らねえよ。右近さんに言われた通りに動いただけだからな」

「そっちが正直者かどうか、体に訊いてみよう」

「な、何をする気なんでえ!?」

「急所を外しながら、二、三発撃つ。奥歯を嚙みしめろ」

「撃つな、殺さねえでくれーっ」

山崎が命乞いした。蒼ざめた顔は引き攣っている。

「救急車に乗りたくなかったら、素直になるんだな」

「何を知りたいんでえ?」

「『明和エンタープライズ』は、去年に倒産した『デジタルネーション』の丸岡社長に一億円貸した。そのことは知ってるな?」

「右近さんから、その話は聞いたよ」

「それだけか」

「え?」

「右近は、丸岡が隠し金五億円を知り合いの女性宅に預けてあるという情報をキャッチしてたんじゃないのかっ」

「そんな大金を隠してたのかよ⁉」

「いい芝居をするじゃないか」

剣持は撃鉄(ハンマー)を親指の腹で掻き起こし、引き金の遊びを一杯まで絞った。山崎が目を剝(む)き、口をぱくぱくさせはじめた。

「右近は若い者(もん)に丸岡の隠し金をそっくり奪わせて、十日後に元ＩＴ関連会社社長を始末させたんじゃないのか？」

「おれと小杉は、どっちの犯罪(ヤマ)も踏んでねえよ。嘘じゃねえって。組のほかの奴がそういうことをしたという話も聞いてない」

「右近は、仁友会の別の組の者を使ったのかもしれないな」

「それはないよ。仁友会は二次とか三次の下部組織が面倒なトラブルを抱えても、ほかの団体に泣きついちゃいけないって暗黙のルールがあるんだ」

「自分の尻(けつ)は自分で拭けってわけか」

「それが昔からの仕来(しき)たりなんだよ。だから、右近さんが兄弟分の組の者を使うはずない。な、小杉？」

「山崎の兄貴が言ったことは本当だよ」

小杉が相槌を打った。嘘をついているようには見えなかった。

「ということは、右近社長は丸岡に融通した一億円を回収してないんだな？」

剣持は山崎に確認した。

「それは間違いないと思うよ。それだから、右近さんはおたくら二人に一億円の回収を頼んだんだろう。けどね、おたくたちが本当に回収屋かどうか疑わしいと感じたんだろうな」

「で、右近卓はおまえら二人におれたちの正体を突き止めろと命じたのか」

「そうだよ」

「それだけとは思えないな」

「どういう意味なんだよ？」

「右近社長はおれたちが丸岡剛一の隠し金を見つけたら、全額、横奪りしろと指示してたんじゃないのかっ」

「それは……」

「一発喰らってもいいんだな」

「右近さんは、できたら、そうしてくれと言ってたよ。だけど、無理をして組が手入れを受けるようなことになるのはまずいとも言ってた。だから、おれたちはおたくらが何者か調べて、そのことだけを右近さんに報告するつもりだったんだ。知ってることは何もかも喋ったんだから、もう銃口を下げてくれよ。頼むからさ」

山崎は、まだ怯(おび)えて身を竦(すく)ませたままだった。

「おれたちをこっそり尾けたりしたら、おまえら二人をシュートするぞ」

「もう尾行したりしないよ」

「いまの言葉を忘れるな」

「わかったよ。おたくら、本当は何者なんだ？　コンビの回収屋なんかじゃないんだろう？」

「回収屋さ」

「いや、そうじゃないな。どっちも真正拳銃(マブチャカ)を持ってるから素っ堅気じゃないことはわかるが、やくざでもなさそうだ。もしかしたら、傭兵(ようへい)崩れの殺し屋(ヒットマン)じゃないの？　関西の極道に頼まれて、仁友会の総長の命奪(タマと)る気なんじゃないのか。それで、右近さんにもっともらしいことを言って、近づいてきたとも疑えるな」

「おれたちは、バックを持たないフリーの回収屋だよ。しかし、右近はおれたちのことを信用してないようなんで、丸岡に貸し付けた一億円は回収しない。せっかく金を回収しても、二十パーセントの成功報酬をきれいに払ってくれそうもないからな」

「右近さんは約束を守る男だ。一億円をなんとか回収してくれないか」

「もう遅い。引き受けた仕事はオリるって、右近卓に伝えてくれ」

「おたくたちを信用しなかったのは悪かったよ。右近さんにちゃんと謝ってもらうから、なんとか一億円を……」

「くどい！　早く失せないと、おまえら二人を撃くぞ」

剣持は数歩退がって、ポケットピストルを構え直した。山崎が慌てて立ち上がり、弟分を短い言葉で急かした。

二人は階段を駆け上がり、間もなく見えなくなった。

「右近卓はシロだな」

徳丸がコルト・ディフェンダーの安全弁を掛けた。それから、ゆっくりとベルトの下に戻した。

剣持も撃鉄を押し戻してから、ポケットピストルをインサイドホルスターに入れた。

「ネット相場師の自宅に行こうや」

徳丸が先に階段のステップを踏んだ。剣持も階段を上がりはじめた。

中ほどに達したとき、懐で刑事用携帯電話が着信音を発した。剣持は立ち止まり、ポリスモードを摑み出した。

ディスプレイを見る。発信者は城戸だった。

「報告が遅くなって、すみません。浅利克巳の自宅マンションの周辺で聞き込みを重ねてたもんすから」

「城戸、何か収穫はあったか？」

「ええ。『デジタルネーション』の副社長だった浅利は、危ない人物っすよ。ナイフの手造りが趣味なのはいいんすけど、深夜に刃物の切れ味を試してるという証言が複数の者から得られたんですよ」

「まさか辻斬りをやってたんじゃないだろうな」

「人間を傷つけてたわけじゃないんす。けど、餌で野良猫を誘き寄せて、仕上げたばかりのナイフで背中や脇腹を切りつけてたらしいんです」

「確かに、まともじゃないな」

「事件当日、浅利は夕方に帰宅して九時前には就寝したと語ってますが、部屋のテレビは夜中まで点いてたようだとマンションの入居者が新証言してくれたんすよ」

「そうか。浅利が九時前にベッドに入ったとすると、妙だな。独身なんだから、テレビの電源を切ってから横になるはずだ」

「主任、浅利は事件当夜、部屋のテレビを点けっ放しにして、そっと外出したのかもしれませんよ。それで巣鴨の裏通りで待ち伏せして、ハンドメイドのダガーナイフで丸岡剛一を……」

「初動捜査で現場付近で借りた防犯カメラの映像の中に浅利克巳と思われる人物は映ってなかったんじゃないか」

剣持は言った。

「捜査資料によると、そうでしたよね。でも、浅利は変装してたとも考えられるんじゃないっすか。たとえば、女装してたとかね。そうだったとしたら、正規捜査員たちがうっかり見落としてしまったと考えられますよ」

「そんなことはないだろう。映像を最大に拡大して、解析したはずだ」

「けど、人間がやることにはミスがあるでしょ？」

「ああ、それはな」

「浅利は丸岡に罪を被されそうになったんですから、被害者には憎悪を覚えてたにちがいありません。野良猫を平気で虐待する冷血漢なら、人殺しもやっちゃいそうだな」

「城戸、結論を急ぐなって。雨宮はどう筋を読んでるんだ？」

「浅利がアリバイ工作をした疑いは出てきたと言ってましたが、犯人（ホシ）と疑うだけの根拠はないんじゃないかと……」

「浅利が刃物に強い好奇心を持ってることは気になるが、加害者なら、凶器に自分で作ったダガーナイフは使わないんじゃないのか？」

「あっ、彼女も主任と同じことを言ってました。なんか浅利に対する疑念が揺らいでくるな。でも、浅利は丸岡に裏切られたんです。その恨みは相当なものだったでしょう」

「城戸、当の浅利は自宅マンションにいるのか？」

「いいえ、外出してます。で、自分ら二人は対象者の自宅近くで張り込んでるんですよ。浅利が帰宅したら、揺さぶりをかけてみようと思ってるんすけど、どうでしょう？」

「揺さぶりをかけるのは、まだ早いな。おまえたちは、浅利の金回りが急によくなったかどうか調べてみてくれ。加害者が浅利なら、丸岡の隠し金のありかを突き止めて奪った疑いもあるからな」

「了解です。そちらに何か動きがありました？　企業舎弟の社長は本部事件にタッチしてなかったんすかね」

巨漢刑事が言った。

剣持は経過を手短に伝え、通話を切り上げた。徳丸に城戸との遣り取りをかいつまんで話し、車道に上がる。クライスラーは目に留まらなかった。二人の組員は急いで逃げ去ったのだろう。

剣持たちはプリウスに向かった。

3

外壁は蔦に覆われていた。

新緑は、まだ疎らだった。大きな洋館だが、どこか無気味だ。ネット相場師の自宅である。

剣持はインターフォンを鳴らした。

かたわらの徳丸はハイライトを吹かしていたが、喫いさしの煙草を足許に捨てた。

ややあって、スピーカーから男の陰気な声が洩れてきた。

「どなたですか？」

「『株式ジャーナル』の佐藤です。生島さん、いえ、生方徹先生ですね？」

「ええ」

「打ち合わせに伺いました」

「え？」

「あれっ、午前中にデスクがアポを取ったはずですがね。先生に『狙い目株の見分け方』という連載コラムをご執筆いただけるということで、同僚の中村とお邪魔したんですよ」

「そんな約束はしていません」

「おかしいな。小社の後藤デスクが先生の確約をいただけたと喜んでいたのですが、あれは作り話だったんでしょうか？」

「そんなでたらめを言うデスクの下で働いてるんじゃ、大変ですね。そういうコラムを書くなんて約束をした覚えはないけど、ちょっと話を聞いてもいいですよ」

「本当ですか⁉」

剣持は驚いてみせた。

「投資家向けの専門紙にそういったコラムを持てば、こちらの仕事にもメリットがありそうですのでね。いいでしょう、話を聞きますよ」

「ありがとうございます」

「門扉の内錠は掛けてないんで、アプローチを進んでポーチまで来てください」

スピーカーが沈黙した。

剣持はほくそ笑んで、青銅の重い扉を押し開けた。石畳をたどって、相棒と広いポーチに上がった。

ちょうどそのとき、重厚な玄関ドアが開けられた。ネット相場師は軽装だった。外面は若々しいが、面やつれしている。

「佐藤です。生方先生とお呼びしたほうがよろしいんでしょうか。それとも、ご本名の生島さんと言うべきなのかな」

剣持は笑顔で問いかけた。

「本名でいいですよ。それから、先生と呼ばないでください。年上の方たちにそう呼ばれると、逆にばかにされてる気がしてね」

「それでは、生島さんと呼ばせてもらいます」

「ええ、そうしてください。名刺は二階のディーリングルームにあるんですよ」

生島昌史が言いながら、二人の訪問者を館の中に招き入れた。

本格的な洋館だった。靴を履いたままでいい造りになっていた。剣持たちは、おのおの偽名刺を生島に手渡した。生島は受け取った名刺をろくに見もしなかった。

剣持たちは、エントランスロビーに接する広い応接間に通された。どっしりとしたソファは布張りで、古めかしかった。頭上のシャンデリアも年代物だろう。調度品やマントルピースも古めかしかったが、味があった。

生島は客をソファに坐らせると、いったん部屋から出ていった。

一分も経過しないうちに応接間に戻ってきた。ネット相場師は右手に二つの缶コーヒー、左手に同じ缶を持っていた。

「どうかお構いなく。こちらは、手ぶらで来てしまったんですから」

「缶コーヒーを出すだけですよ」

「恐縮です」

剣持は軽く頭を下げた。生島が三つの缶コーヒーをセンターテーブルの上に無造作に置き、剣持と向かい合う位置に腰を下ろした。

「早速ですが、連載コラムの執筆を引き受けていただけるんでしょうか？」

「一回分の原稿は七、八百字ぐらいでいいんでしょう？」

「六百字程度で結構です。ただ、一回分の原稿料は税引きで三万円でお願いできれば、ありがたいんですが……」

「原稿料はどうでもいいんだ。なんなら、二人で適当に分けてもらってもかまいません。厭らしい言い方になるけど、金には不自由してないので」

「そうでしょうね。生島さんは天才相場師で、めったに株取引で損をされたことはないようですから。いただきます」

剣持は缶コーヒーを持ち上げ、プルトップを引き抜いた。隣の徳丸がプルトップに指を掛ける。

「損を出さないよう相場の研究をして、売りと買いのタイミングを見極めてれば、大きなマイナスは出ないんですよ」

「それだけで株が儲かるなら、一般投資家も生島さんみたいにリッチになってるでしょうね」

「なんだか棘のある言い方だな」

生島が警戒した顔つきで、缶コーヒーを手に取った。だが、プルトップをすぐには抜こうとしない。

「生島さんの仕手戦は、なかなか頭脳的ですよね。多くの仕手集団は手っ取り早く儲けたいんで、製薬会社が薬効の高い難病治療薬の開発に成功したとか、大手企業の合併話を実しやかに業界紙や経済誌に流させて株価を操作する。そうだよな?」

「き、急にぞんざいな喋り方になりましたね」

「そっちが証券取引法に引っかかるような仕掛けで株価を操作してることをおれたちは知ってるんだよ」

剣持は片脚を卓上に乗せた。

「おたくらは『株式ジャーナル』の人間じゃないんだなっ」

「気づくのが遅いぜ。一部のマスコミがそっちのことを天才ネット相場師と持ち上げたりしてるが、その素顔は昔からの仕手戦屋と変わらない」

「経済ゴロなんだな、二人とも」

生島がソファから腰を浮かしそうになった。徳丸が上着の裾を拡げて、ベルトの下に差し込んだコルト・ディフェンダーを見せた。

「ピ、ピストルを持ってるのか!?」

生島が目を剝いた。徳丸が剣持よりも先に口を開いた。

「言っとくが、精巧なモデルガンじゃないぞ」

「それは、み、見ればわかる。いいえ、わかります」

「いちいち言い直さなくてもいいよ。缶コーヒーを飲んで、気持ちを落ち着かせろや」

「いまは、それどころじゃない」

「声が嗄れてるな。いいから、少し喉を潤せって」

「わかりました。いま、すぐ……」

生島がわななく指でプルトップを引き抜き、缶を傾けた。口の端からコーヒーが滴った。

「ゆっくり飲めよ。やたら撃ったりしないからさ」

「ネットで仕手戦をやって、株価をつり上げて持ち株をうまく売り抜けたことは否定しません。言い訳に聞こえるでしょうけど、多くの相場師は似たようなことをしています。おれ、いいえ、わたしだけが狡いことをしてるわけではありません」

「そんなことはわかってらあ。そっちが自己弁護したくなる気持ちはわかるよ。けど、証券取引法に触れてる」

「それは……」

「そうじゃねえってか？」

「いいえ。確かに法は破っています」

「だよな。そっちの株価操作によって、大損した投資家は少なくないだろう」

「お知り合いの方が大きなマイナスを出したんでしょうか？　そうなら、わたしが補塡させてもらいましょう。ですので、わたしが株価操作したことは黙っててほしいんですよ」

「おれたち、恐喝屋と思われたようだぜ」

徳丸が剣持に言って、缶コーヒーをごくごくと飲んだ。

「目的は金じゃないんですか？」

「金と女は嫌いじゃないが、おれたちはそっちから口止め料をせしめようと考えてるんじゃない」

「なら、セクシーな美女を用意しろってことなんでしょうか？」

「外れだ。そっちに確かめたいことがあって、『株式ジャーナル』の記者になりすましたんだよ」

剣持は生島を見据えつつ、徳丸より先に言葉を発した。

「確かめたいことって、なんでしょう？」

「先月四日に殺された丸岡剛一のことは知ってるな？　『デジタルネーション』の代表取締役社長だった丸岡のことだ」

「丸岡さんとは面識がありました。だけど、個人的なつき合いはなかったんですよ」

「そんな嘘は通用しない。おれたちは知ってるんだ」

「な、何をです？　なんのことでしょうか」

生島が大仰に首を捻った。

「丸岡に唆されて、あんたはネットで仕手戦を張った。で、かなり儲けてやったんだろう。しかし、丸岡は約束の分け前をくれなかったんじゃないのか？」

「わたし、丸岡さんにそんなことを頼まれたことはありません。ええ、まったく身に覚えのないことです」

「世話を焼かせるなって」

「う、嘘なんかついてません」

「仕方がない」

「お連れの方に、わたしを撃たせるんですか!?」

「さあ、どうかな」

剣持は缶コーヒーを卓上に置き、勢いよく立ち上がった。次の瞬間、生島が発条仕掛けの人形のようにソファから腰を上げた。

徳丸が黙ってベルトの下からアメリカ製の拳銃を抜き、銃口をネット相場師に向けた。

「う、撃たないでください。殺したりしないでくださいよ。金なら、欲しいだけ差し上げますので」

「いいから、ソファに尻を戻せ!」

「はい!」

生島が子供のような返事をして、ソファに腰かけた。

剣持はコーヒーテーブルを回り込み、生島の背後に立った。すぐに利き腕を生島の顎の下に潜らせ、喉を圧迫しはじめる。

生島が苦しげに呻き、全身でもがいた。剣持は右腕の力を緩めなかった。チョーク・

スリーパーをかけて三十秒も経過しないうちに、生島は意識を失った。

柔道では〝裸絞め〟と呼ばれている荒技は、力の加減が難しい。圧迫しすぎると、相手を窒息死させてしまう。

「剣持ちゃん、生島はまったく動かなくなった。まさか殺しちゃったんじゃねえだろうな？」

「徳丸さん、心配しなくても大丈夫ですよ。おれ、ちゃんと加減しましたので」

剣持はソファを大きく引き、くたりとなった生島を床に横たわらせた。立ったまま缶入りコーヒーを飲み干してから、生島の上体を引き起こす。

剣持は片膝をカーペットに落とし、もう一方の膝頭で生島の背を思うさま蹴った。活を入れると、生島が息を吹き返した。

「空とぼける気なら、次に顎と肩の関節を外すことになるぞ」

剣持は生島を摑み起こし、ソファに坐らせた。

「息苦しくなって何もわからなくなったんで、こ、殺されたかと思った」

「その気になれば、そっちをあの世に送ることはたやすい」

「もう荒っぽいことはしないでください。丸岡さんは仕手戦の軍資金として、わたしに一億五千万円を預けてくれたんですよ」

「そっちはネットで株価を操作して、短期間にだいぶ儲けてやったんだなっ」

「一億数千万円の利益を出してやりました。その半分をわたしにくれる約束だったのに丸岡の奴は、たったの三千万しかくれませんでした。文句を言ったら、仕手戦のことを証券会社に喋るぞって凄んだんです」

「丸岡も共犯者じゃないか」

「あの男は自分はもう捨て身で生きると肚を括ったんで、何も怖いものはないとうそぶいてました」

「それで、そっちはもう何も言い返すことができなかったのか？」

「ええ、そうなんです。癪な話ですけどね」

「本来なら、六千万円以上の分け前を貰えた計算になるな」

「そうですね」

「腹の虫が収まらなかったんだろうな」

「えっ⁉ 意味がよくわかりませんでしたが、どういうことなんでしょう？」

生島が訊ねた。

「三月四日の夜、そっちはどこで何をしてた？」

「その日は、確か丸岡が殺されたんですよね。その夜は東京にいませんでした。学生時代の友人が神戸で次の日に結婚するので、三宮のホテルに泊まったんです」

「ホテルの名は？」

徳丸が生島に問いかける。生島は即座にホテル名を答えた。有名なホテルだった。

「本名でチェックインしたのか？」

「ええ。住所も、ちゃんと書きましたよ。あっ、もしかしたら、わたしが丸岡を刺し殺したと疑ってるんですか!?」

「どうなんでえ。正直に言わねえと、ハンドガンを抜くことになるぞ」

徳丸がコルト・ディフェンダーの銃把に手を掛けた。

「ピストルを抜かないでください！　事件当夜、わたしは本当に神戸にいたんです。丸岡には頭にきてましたけど、絶対に殺してなんかいません。天地神明に誓えますよ」

「年寄りじみたことを言うじゃねえか。おまえが実行犯じゃなかったとしても、事件に関与してないとは言い切れない。誰か第三者に丸岡剛一を片づけさせたとも疑えるからな」

「絶対に殺人を依頼したりもしてませんって」

「口でそう言われても、その言葉を鵜呑みにすることはできねえな。そっちは、まともな人間じゃない。汚い手で株価をつり上げて、荒稼ぎしてる。言ってみれば、犯罪者だな」

「わたしが法律に引っかかるようなことをしてるからって、そこまで疑ってかかるのは問題じゃないですかっ」

「怒ったか」

「当然でしょ！　狡いことをやった丸岡のことは嫌いでしたけど、分け前が少なかったからって第三者に命を狙わせたりしませんよ」

「そうかな」

「まだ疑われてるんだったら、神戸のホテルに問い合わせてみてください」

「後で確認してみる」

「ぜひ、そうしてほしいな」

生島が憮然(ぶぜん)とした表情で言い、長く息を吐いた。剣持は、ネット相場師はシロだという心証を得た。

「そっちは丸岡殺しにはタッチしてないようだな。手荒なことをして悪かった。時間をかけて探りを入れる余裕がなかったんだ」

「あなた方はアウトローじゃないんでしょ？」

「好きなように考えてくれ」

「警察関係者にしては荒っぽすぎるな。といって、経済ゴロでもなさそうだ。いったい何者なんですか？」

「その質問には、ノーコメントだ。缶コーヒー、うまかったよ」

剣持は生島に言って、徳丸を目顔で促した。

徳丸が立ち上がり、ネット相場師の肩口に短く手を置いた。詫びたつもりなのだろう。

剣持たちコンビは応接間を出て、そのまま洋館を辞した。

プリウスに乗り込むと、徳丸が上着の内ポケットからポリスモードを取り出した。神戸の有名ホテルのホームページで代表電話番号を調べて、すぐに電話をする。

剣持はセブンスターに火を点けた。一服し終えたとき、徳丸が電話を切った。

「事件当夜、生島は神戸のホテルに泊まってたよ。誰かに丸岡剛一を始末させた可能性はゼロとは言えないが、ネット相場師は本部事件には絡んでないと考えてもいいんじゃねえか」

「おれも、そういう心証を得ました」

「回り道をしたが、捜査は無駄の積み重ねだからな。別に気にすることはないだろう」

「そう考えることにしましょう」

「捜査対象者がひとり減ったと考えりゃ、極秘捜査も一歩前進したことになる。剣持ちゃん、そう考えようや」

「ポジティブ・シンキングってやつですね」

剣持は小さく笑った。そのすぐ後、徳丸の私物のスマートフォンが懐で振動した。マナーモードにしてあったのだろう。

「『はまなす』のママが徳丸さんの声を聴きたくなったんじゃないのかな」

剣持は茶化した。

「そんな情緒的な女じゃないって。勝ち気で自分の弱いとこなんか絶対に他人に見せようとしねえんだ。かわいげがないよな」

「そういう勝ち気な性格に魅せられてるんでしょ？」

「何遍も同じことを言わせるなって。佳苗っぺは、出来の悪い妹みたいなもんだよ」

徳丸が言い訳して、上着のポケットからスマートフォンを取り出した。佳苗ママからの電話と予想したのか、表情が和やかになった。

だが、徳丸はすぐに電話を切ってしまった。

「ママが何を言ったのか知らないけど、少しぶっきら棒すぎるんじゃないのかな」

「間違い電話だったんだ。どっかのおっさんがラーメン屋にかけたつもりだったらしく、いきなり『来々軒さん？』と確かめやがった。理由もなく腹が立っちまってさ」

「ママからの電話かもしれないと密かに期待してたんで、むっとしちゃったんでしょ？」

「こら、殺すぞ」

「照れたときの徳丸さんの顔、おれ、好きですよ」

剣持は、徳丸と軽口をたたき合った。

口許を引き締めたとき、雨宮梨乃から剣持に電話がかかってきた。

「浅利の部屋に組員っぽい男が入っていったんですよ。城戸さんは、浅利克巳に雇われた本部事件の実行犯かもしれないと言ってるんですが、どうします？　職務質問かけて、それとなく探りを入れてみましょうか」

「いや、そのまま張り込みを続行してくれ。これから、おれたちもそっちに行く」

「ネット相場師はシロだったんですね？」

「ああ、そう判断してもいいだろう。急いで桜上水に向かうよ」

剣持は電話を切り、プリウスのエンジンをかけた。

4

ピザ屋の配達用スクーターが停まった。

ちょうど午後八時だった。アルバイト配達員と思われる若い男は、『桜上水グランドハイツ』の中に消えた。

「ピザのデリバリーを頼んだのは、浅利なのかもしれないな。雨宮、ちょっと見てきてくれないか」

剣持は、運転席の梨乃に指示した。

美人刑事がすぐにスカイラインから降り、浅利の自宅マンションに向かって走りだした。

剣持は城戸・雨宮班と合流すると、スカイラインの助手席に移った。チームは、ちょくちょく相棒をチェンジしていた。同じペアで張り込みや尾行をしていると、捜査対象者に覚（さと）られやすい。それを防ぐためだった。

数十メートル後方の路肩に寄せられているプリウスの運転席には、大男の城戸が坐っていた。徳丸は助手席に腰を沈めている。

チームの四人は、少し前に車の中で弁当を食べた。三百九十八円のミックスフライ弁当だった。四人分の弁当を買いに行った梨乃がコンビニエンスストアで温めてもらったのだが、あまりうまくなかった。しかし、贅沢は言えない。いまは極秘捜査中だ。

美人刑事がスカイラインに駆け戻ってきた。

剣持は、梨乃がドアを閉めてから話しかけた。

「ピザが届けられた部屋は？」

「五〇五号室でした。浅利克巳は、来訪者の組員風の男と一緒にピザを食べる気なんでしょう」

「そうなんだろうな。雨宮の報告を受けたとき、おれは浅利が非合法ビジネスに手を染めてることを暴力団関係者に知られてしまったのかと思ったんだ」

「そうですか」

「浅利は経済的に不安定なんで、自宅で競馬のノミ屋でもはじめたと推測したんだが、そうじゃなさそうだな。やくざ風の客とピザを頬張るんだろう」

「実は、わたしも『デジタルネーション』の元副社長は組員風の男に何か弱みを握られて強請られてるんではないかと読んでたんですよ。城戸さんは、浅利克巳が美人局に引っかかったんではないかと言ってましたけど、そうじゃなかったようですね」

「訪問者と敵対してたら、浅利はピザの出前なんか頼んだりしないだろう。五〇五号室にいる二人の男は対立関係にはなさそうだ」

「そうでしょうね。主任、浅利が組員風の男に丸岡剛一を片づけさせたとは考えられませんか？　浅利は丸岡に粉飾決算や増資の件で欺(あざむ)かれています」

「殺人の動機がまったくないわけじゃないよな。しかし、それだけの理由で浅利は第三者に丸岡を殺(や)らせる気になるだろうか」

「浅利は『デジタルネーション』が倒産してから、再就職活動がうまくいってません。自分の前途を暗いものにしたのは丸岡剛一だという思いは、ずっと消えてなかったんでしょう」

　梨乃が言った。

「ああ、それはな。しかし、動機がちょっと弱いとは思わないか？」

「言われてみると、そうなんですけどね」

「それに、五〇五号室にいる組員風の男が裏社会の人間だとしたら、殺人罪の重さは知ってるはずだ。殺人(コロシ)の成功報酬が五千万とか六千万という高額でない限り、まず引き受ける気にはならないだろう」

　剣持は言った。

「でしょうね。それから、浅利にはそんな高額の報酬を払う余裕なんかなかったはずですよ」

「だろうな」

「そう考えると、浅利が第三者に丸岡剛一を殺(や)らせた可能性は低いですね」

「おれは、そう読んでる。おそらく浅利とやくざっぽい男は手っ取り早く稼ぎたくて、何か危(ヤバ)いことをやってるんだろう」

「五〇五号室で、大麻をこっそりと栽培してるのかしら？　それとも、銃刀法に引っかかる大型ナイフを手造りして、ナイフマニアたちに密売してるのかな。国内だけじゃなく、ネットで国外のマニアたちに売ってるんでしょうか？」

「そういう裏ビジネスも考えられなくはないが、刃物マニアの浅利が趣味をビジネスにする気になるかな」

「趣味と実益を兼ねたサイドビジネスは、割に多いんじゃありません？　早くまとまったお金を手に入れたいと考えてたら、浅利は大型ナイフや特殊ナイフの密造販売をやりそうですね」

「うむ」

「もしかすると、浅利は部屋を訪ねてきた男と組んで、児童ポルノの密売をしてるのかもしれませんよ。ロリータ物の裏ＤＶＤなんかは高値で売買されてるようだから、結構おいしい思いができるんでしょう」

　梨乃が推測を語った。

「しかし、その種の画像はネットで無料で観ることもできるぞ」

「でも、十歳ぐらいの女の子がエロいことをしてる動画の類はそう多くないでしょ？」

「よくわからないが、そうだろうな」

「と思いますよ」

「半年ぐらい前にテレビのドキュメンタリー番組で観たんだが、海外で働いてる日本人に国内のあらゆるテレビ番組の録画ＤＶＤを売ってる会社が繁昌してるみたいなんだ。特に日本人の少ない中南米、中央アジア、アフリカの辺地で暮らしてる同胞たちは望郷心が強いらしく、たくさん録画ＤＶＤを買い込んでるようだよ」

「辺地では、娯楽が少ないでしょうからね。その手のＤＶＤは売れると思います。テレビ番組のＤＶＤを販売してる会社は、もちろん著作権使用料を払ってるでしょう。でも、その海賊版を大量に複製したら、丸儲けですよね」

「そうだな。おれは浅利が組員風の男と結託して、国内で放映されたテレビ番組の録画ＤＶＤの海賊版を密売してるんではないかと思ったんだよ」

「考えられますけど、発送に手間がかかるんではありませんか。それが面倒でしょう?」

「雨宮の言った通りだな。ほかにどんな裏ビジネスがあるだろうか」

剣持は背凭(せもた)れに上体を預け、腕を組んだ。

その数秒後、懐で刑事用携帯電話(ポリスモード)が着信音を刻みはじめた。剣持はポリスモードを摑み出し、ディスプレイを覗いた。発信者は二階堂理事官だった。

「いま服部管理官から報告が上がってきたんだが、浅利克巳は元組員とつるんで個人情報屋を裏仕事にしてるらしいんだよ。通信会社、生保会社、デパート、商社などの顧客担当者の私生活を探偵に調べさせて何か弱みがあるとつけ込んで、客の個人情報を持ち出させてるようなんだ。そのデータをライバル会社に高く売りつけてるという話だったな」

「浅利がそのダーティー・ビジネスをはじめたのは、いつなんです?」

「『デジタルネーション』が倒産する九カ月も前から裏仕事に手を染めてたみたいだよ。浅利は早晩、会社が立ち行かなくなるだろうと予想してたんじゃないだろうか」

「それで、裏仕事でせっせと稼いでたんではないかと……」

「そう推測してみたんだ。それから、被害者の丸岡剛一が副社長の裏仕事に気づいて口止め料をせびってたとは考えられないだろうか」

「そうした事実があったとしたら、浅利克巳は俄然、怪しくなってきますね」

「副社長の事件当夜のアリバイは、完璧に立証されたわけではない。浅利は粉飾決算など企業不正の罪を丸岡になすりつけられそうにもなった。その上、丸岡に口止め料を毟(むし)られそうになったら、殺意が芽生えても不思議じゃないだろう?」

「そうですね」

剣持は相槌を打った。

「浅利は裏仕事の共犯者(レツ)に自分で仕上げたダガーナイフを渡して、丸岡剛一を刺し殺させたのかもしれないぞ」

「理事官、その裏仕事の共犯者と思われる元組員のことを教えてください」

「名越翼(なごしつばさ)、三十一歳だ。名越は渋谷を縄張りにしてる真下(ました)組に二年前まで属してたんだが、服役中の兄貴分の情婦(いろ)を寝盗(ねと)って全国の親分衆に絶縁状を回されてしまったんだよ」

「兄貴分の愛人(レコ)に手をつけたんじゃ、破門じゃ済みません。絶縁されても仕方ないでしょう」

「そうだな。破門扱いなら、別の組に入ることは可能だ。ただし、下積みから少しずつ貫目(かんめ)を上げていくほかないが、筋者ではいられる」

「ええ。しかし、組から絶縁されたら、もう裏社会では生きられない。といって、素っ堅気に戻ることは難しいですよね。働き口は、なかなか見つからないでしょうし」

「名越は総身彫りの刺青を入れてるそうだから、雇ってくれる会社や店はないだろう。そんなことで、一匹狼で裏街道を歩いていく気になったにちがいない」

「それだから、浅利と個人情報屋として暗躍するようになったんでしょうね。名越と浅利の接点は？」

「浅利は副社長時代に真下組が仕切ってた違法カジノの客だったんだ。見張りを務めてた名越と顔馴染みだったから、いつしか個人的なつき合いができたんだろう」

　理事官が言った。

「捜査本部は新事実を摑んだわけですので、一両日中にも浅利に任意同行を求めるんでしょ？」

「現場の連中はその気になったようだが、服部管理官が勇み足をしてはまずいと判断して、待ったをかけたそうだ。浅利のダーティー・ビジネスを摘発できても、本部事件でシロだったら、捜一の失点になるからね。服部君は賢明な選択をしたと思うよ」

「まだ慎重になったほうがよさそうですね。誤認逮捕なんかしたら、マスコミや市民団体に叩かれますので」

「警察の不祥事が絶えない。いま以上に市民から信頼されなくなるのは困るね。我々も襟を正して、しっかり社会の治安を守り抜かないとな」

「別に優等生ぶるわけではありませんが、いまの警察官はサラリーマン化してしまって、頼りになりません。それではまずいですよ」

「きみら四人が範を示してくれよ」

「チームメンバーは揃って食み出し者ですんで、とても手本なんか示せません。しかし、みんな、熱い刑事です。凶悪な犯罪を憎んでるんで、体を張って隠れ捜査に励めるんだと思います。おっと、話を脱線させてしまいました」

「話を戻すよ。正規捜査員は慎重にならざるを得ないが、チームは萎縮しないでくれ。浅利と名越に揺さぶりをかけるチャンスがあったら、そうしてくれないか」

「わかりました。本部の面々は、『コスモサイバー』の有働社長の洗い直しをしてるんでしょうか？」

「有働将人は俠気を出して被害者に四千万円を貸して回収不能になったわけだから、殺人動機はなくもない。それだから、巣鴨署に出張ってる捜査班が有働を少し調べ直したそうだよ」

「それで？」

「やっぱり、特に不審な点はなかったらしいんだよ。有働は犯罪のプロとは接触しなかったそうだし、会社の経営も楽じゃないようだ。丸岡の隠し金を奪ってたら、少しは金回りがよくなってもよさそうだからね」

「お言葉を返すようですが、仮に有働が四千万が焦げついたことに腹を立て、丸岡の隠し金五億円を横奪りしたとしても、すぐに羽振りのいいところを他人に見せたりしないでしょ？　そんなことをしたら、たちまち怪しまれますんで」

「きみの言う通りなんだが、すぐに遣(つか)える金が五億もあるんだよ。会社の経営不振がつづいてたら、少し景気をつけたくなるんじゃないのかな」

「有働は事業家です。いくら若手経営者でも、冷徹さを忘れることはないと思います」

剣持は反論した。

「そうだろうな、確かに。金回りがどうとかではなく、捜査本部は総合的に有働将人はシロだと判断したんだろう。だからといって、『コスモサイバー』の社長を捜査対象者から外すのは早いんじゃないのか」

「そうですね」

「きみらが有働に対して少しでも疑惑を持ってるんだったら、納得がいくまで調べ直せばいい」

「はい、自由に捜査をやらせてもらいます。それはそうと、捜査本部は丸岡と親しかった重森香奈はノーマークなんでしょうか？」

「服部管理官の話によると、捜査本部は最低ひと組は重森香奈に張りつかせてるそうだよ。香奈の証言をそのまま信じるのはちょっと無理だろうね。自分が外出中に預かっていた大金が自宅から煙のように消えてしまったなんて話は、リアリティーがないよ」

「ええ、まあ。しかし、重森香奈の話を嘘だと極めつけることもできません」

「どっちにしても、五億円がなくなってから丸岡剛一は殺害された。その事実を踏まえると、重森香奈が何らかの形で丸岡殺しに絡んでるのかもしれないぞ」

「そうなんでしょうか」

「きみは、重森香奈のことは別に怪しんでないの？」

二階堂は訝しげだった。

「出かけてる間に何者かが香奈の広尾三丁目にある自宅マンションに押し入って五億円もの大金を手早く盗み出したという証言をすんなり信じる気持ちにはなれませんでした。といって、彼女が嘘をついたとも言い切れません」

「ま、そうだね」

「理事官、香奈に誰か男の影は？」

「そういう人物は特にいなかったようなんだが、重森香奈の話は現実離れしてる気がしたんだよ。だから、正規捜査員たちも香奈をしばらくマークしようということになったんだろう。だが、特に不審な点はないらしいんだ」

「そうなんですか。丸岡謙輔には、その後、捜査班の者は誰も接触してないんですかね？」

「被害者の異母弟には、改めて事情聴取させてもらったそうだよ。特に新たな手がかりは得られなかったらしいんだが、故人との思い出を話しているうちに号泣しはじめたという話だったな」

「腹違いの兄は、半分しか血の繋がってない弟のことをよっぽどかわいがってたんでしょう。丸岡謙輔にとっては、故人は命の恩人だったようですから」

「命の恩人だった？　その話は、きみから聞いていないと思うが、どういうことなのかな」

「兄弟のエピソードを隠すつもりはなかったんですが、その美談に引きずられるのはよくないと思ったので、チームメンバー以外の関係者には積極的には話さなかったんですよ」

剣持は、丸岡謙輔が子供のころに池で溺れそうになって異母兄に救出されたエピソードを手短に語った。

「そんなことがあったんなら、母親は違ってても兄貴の死を心から悼むだろうね。哀惜の念が募れば、成人になった者でも子供のように声をあげて泣くんじゃないか。な、剣持君？」

「でしょうね」

「麗しい話だね。それはそれとして、浅利と名越に揺さぶりをかけられるようだったら、かけてみてくれないか。支援が必要なら、服部君たち直属の部下を出動させる」

理事官が電話を切った。

剣持はポリスモードを懐に戻し、梨乃に理事官との遣り取りを喋った。

「浅利は、名越という元組員と個人情報をあちこちに売って荒稼ぎしてたんですか。わたしたちは裏仕事の内容をいろいろ推測してみましたけど、どちらも外れてましたね」

「そうだな」

「これから浅利たち二人を揺さぶってみましょうよ」

梨乃が提案した。

「退屈な張り込みに少し飽きてきたようだな？」

「別にそういうわけではないんですよ。捜査対象者をシロかクロか早く断定したくなったんです」

「そうか。徳丸（トク）さんと城戸に理事官がもたらしてくれた新情報を教えてくる」

剣持はスカイラインの助手席から出て、後方のプリウスに歩み寄った。後方座席に乗り込み、二人のチームメンバーに二階堂から聞いた話を伝える。

「浅利が元組員の名越とつるんで裏仕事に精出してたんなら、丸岡剛一を抹殺する気になるかもしれないっすよ。すぐに浅利の部屋に踏み込みましょう」

運転席で、巨漢刑事が言った。徳丸が即座に同調する。

「名越は、絶縁状を回された元やくざなんだ。破れかぶれの生き方をしてるにちがいない。うまく接近しないと、名越が逆上するとも考えられるな。チームメンバーが怪我をするのは避けたいんだ。少し時間をくれないか。最善の方法を考えてみるよ」

剣持は城戸に言って、徳丸に顔を向けた。

二人の部下が同時に無言でうなずいた。

第三章　闇の卵子提供

1

エレベーターが停止した。

五階だった。『桜上水グランドハイツ』だ。午後九時半を回っていた。

剣持は最初に函(ケージ)から出た。部下の三人がエレベーターホールに降りてくる。

「段取り通りに、まず浅利の部屋のドアを開けさせてくれ」

剣持は、城戸と梨乃を等分に見た。部下たちが緊張した面持(おもも)ちで顎を引く。

「城戸、雨宮をうまくカバーしてやれよ」

徳丸が小声で大柄な刑事に言った。

城戸が指でOKサインを作り、抜き足で歩廊(ほろう)を進んだ。その後ろ姿は、どこかユーモラスだった。

城戸が五〇五号室の先まで歩き、壁にへばりついた。そのまま横に移動して、浅利の部屋のドアの横に立つ。

「雨宮、行け！」

剣持は命令した。

梨乃が五〇五号室に向かう。彼女は五〇四号室の入居者の身内を装って、手土産を隣室の浅利に渡す振りをすることになっていた。

剣持が思いついた作戦だった。その前は自分がマンション管理会社の社員に化けるつもりでいた。だが、浅利は担当社員の顔と名を知っているかもしれない。そうなら、間違いなく怪しまれてしまう。そんなことで、作戦を変更したのだ。

梨乃が浅利の部屋の前に達した。

美人刑事はローシンL25を携行している。アメリカ製の小型拳銃だ。全長は十二センチ二ミリと小さい。口径は六・三五だが、フル装弾数は八発である。

ドアの向こうで息を殺している城戸は、ドイツ製のマウザーM2をホルスターに収めていた。大型ピストルだ。四十五口径で、フル装弾数は九発だった。

梨乃と城戸の二人は初弾を予め薬室に送り込み、弾倉にフルに実包を詰めてあった。

浅利や元組員の名越が抵抗したとしても、造作なく制圧できるだろう。

梨乃が五〇五号室のインターフォンを響かせた。

ややあって、男の声で応答があった。

「どなたでしょう?」

「夜分にすみません。わたし、五〇四号室を借りてる上条の姉です。浅利さんでいらっしゃいますよね?」

「ええ、そうです」

「弟が何かとお世話になっていると思います」

「隣の方とはめったに顔を合わせることがないんですよ。だから、別に世話なんかしてませんけど」

「でも、そのうち弟がお世話になるかもしれません。弟のこと、どうかよろしくお願いします」

「いや、こちらこそ……」

「父母に頼まれて、わたし、弟の様子を見に来たんですよ。田舎の名産を差し上げたいので、ドアを開けていただけませんか」

「わたしは何もしてないんだから、そういった物はいただけないな」

「地元では銘菓と言われていますが、たいした物ではないんです。でも、割においしいんですよ。甘みを抑えてありますので、男性のお口にも合うと思います」

梨乃がもっともらしく言った。迫真の演技だ。

剣持は笑いそうになった。女性は、生まれながらにして誰もが女優の要素を持っているのか。嘘には妙にリアリティーがあった。

「なんだか申し訳ないな」

「ほんの少しですけど、ぜひ召し上がってください」

「せっかくですので、遠慮なく頂戴しましょう。いま、ドアを開けます」

相手の声が熄んだ。

剣持は目で徳丸に合図し、五〇五号室に向かって歩きだした。徳丸がすぐに肩を並べる。

五〇五号室の内錠が外された。

城戸がホルスターから、拳銃を引き抜いた。マウザーM2は、彼の頭上に掲げられた。低い位置で構えなかったのは、暴発で同僚に怪我を負わせることを避けるための配慮だろう。

玄関ドアが開けられた。

次の瞬間、梨乃の顔面に乳白色の噴霧（ふんむ）が浴びせられた。催涙スプレーを使われたようだ。梨乃が両手で整った顔を押さえながら、その場にうずくまる。

城戸がドアを大きく押し開けた。

そのとき、白っぽい噴霧がまたもや吐かれた。城戸が呻いて、棒立ちになる。五〇五号室から片腕が突き出された。梨乃が後ろ襟を掴まれ、室内に引きずり込まれた。すぐにドアがロックされる。

城戸が目を擦（こす）りながら、マウザーM2の銃口を向けた。

剣持は拡散する乳白色の霧を手で払い、城戸の右腕を押し下げた。

「撃つな」

「けど……」

「雨宮が人質に取られてしまったんだ。ノブを撃ち砕いたら、雨宮に危害が加えられるかもしれないだろうが！」

「そうっすね」

城戸が銃口を下に向け、手の甲であふれ出る涙を拭った。徳丸が咳込みはじめた。

催涙スプレーを使って雨宮を五〇五号室に引きずり込んだのは、どちらだったのか。浅利ではなく、元やくざの名越だったのかもしれない。

剣持はそう考えながら、インターフォンを鳴らした。

だが、スピーカーは沈黙したままだった。剣持は、ふたたびチャイムを響かせた。

しばらくしてから、ようやく応答があった。浅利の声ではなかった。

「総務部企画課の人間が、なんで浅利さんの家を張ってたんだよっ」

「おまえは二年前まで渋谷の真下組にいた名越翼だな。そっちは服役中の兄貴分の情婦を寝盗ったんで、組長から絶縁される羽目になった。そうだな？」

剣持は確かめた。

「そうだよ。雨宮って刑事が持ってたポケットピストルを取り上げたぜ。てめえら、なんでこのマンションに来やがったんだ。そいつを教えねえと、雨宮梨乃の体に銃弾を一発ずつ見舞うことになるぜ」

「警察手帳も奪ったんだな？」

「ああ。写真よりも、実物のほうがずっとマブいな。それに、いい体してる。撃つ前に姦っちまうか」

「そんなことをしたら、おまえは長い懲役刑を喰らうことになる」

「おれは、もうどうなってもいいんだ。そんなことより、どうして浅利さんは警察にマークされてんだよ？　ちゃんと答えやがれ！」

「思い当たることがあるんじゃないのか。おまえは浅利克巳と共謀して、非合法ビジネスで荒稼ぎしてるんだろ？」

「おい、何を言ってやがるんだ!?　おれたちは知り合いだけど、何も危いことなんかやってねえ」

「ドアを開けてくれたら、司法取引に応じてもいいよ。おまえら二人が闇の情報屋だってことは、もうわかってるんだっ」

「えっ!?　あんたらは現場捜査をやってるわけじゃないよな、総務部企画課に所属してるんだから」

「人質に取られた雨宮は、囮に使っただけなんだよ。詳しいことは教えられないが、部屋の外にいる者は事件捜査を担当してる。といっても、おまえら二人の非合法ビジネスの件で手柄を立てる気はない。人質を無傷で解放してくれれば、おとなしく引き揚げるよ」

「おれは、お巡りなんか信用してねえんだ」

「名越、おれたちを信じてくれ。同じことを言うが、ダーティー・ビジネスの件でそっちに手錠を打つ気はないんだ」

「それじゃ、なんでこのマンションに来たんだよっ。おれを騙そうとしたって、そうはいかねえぞ。あんたら全員がすぐに引き揚げないと、人質の女を素っ裸にしてナニしちまうぜ。それでも五〇五号室から遠ざからなかったら、雨宮梨乃を射殺する」

「人質を撃ち殺したら、おまえら二人は逃亡できなくなるだろう。こっちは強行突入することになるからな」

「そうなったら、てめえらと撃ち合ってでも逃亡すらあ」

名越が興奮気味に喚いた。

「少し落ち着けよ。おれたちは、部屋の主にちょっと確認したいことがあるだけなんだ。裏ビジネスのことなんか、別にどうでもいいんだよ」

「浅利さんに確かめたいことって、何なんだ？」

「そっちには関係ないことだ。インターフォンの受話器を浅利克巳に渡してくれ」

「それは駄目だ。浅利さんは堅気だから、警察の奴に威されたら、言うことを聞いちまうだろう」

「名越、よく聞け！　女性警察官の自由を何時間も奪ったら、公務執行妨害罪だけじゃ済まなくなるんだぞ。雨宮の拳銃と警察手帳を奪ったことで、窃盗罪が成立する」

「だから、なんだってんだよっ」

「吼えるなって。ただちに人質を解放しないと、監禁罪が適用される。もしも雨宮に妙なことをしたら、強制性交罪も加わるな。そうなったら、もう司法取引はできない。五〇五号室に突入して、何がなんでも身柄を確保するからなっ。そっちが発砲してきたら、正当防衛で射殺することも辞さない」

「SAT(サット)でもSIT(シット)でも呼びやがれ。おれは組長に絶縁状を回されたときから、いつくたばってもいいと思ってきたんだ。お巡りたちと銃撃戦を繰り広げて撃ち殺されたって、別にかまわないよ。おれは、もう失うものなんか何もねえんだ」

「名越、捨て鉢になるな。そっちは、まだ三十一歳なんだ。人生は、これからじゃないか」

　剣持は説得を試みた。

「学校の先公みてえなことを言うんじゃねえよ。教師とかお巡りは建前や綺麗事ばかり言いやがるが、おれはお先真っ暗なんだ。どこの組にも入れなくなった元やくざは、もうリセットできねえんだよ」

「そんなことはない。真っ当に生きる気持ちさえあれば、堅気(ネス)として人生をやり直せるだろう」

「綺麗事を言うねえ。おれは兄貴分の情婦(おんな)を姦(や)っちまったことで、組長(オヤジ)に小指(エンコ)落とせって言われたんだ。それでけりがつくと思ったんで、おれは歯を喰いしばって左手の小指の先っぽを短刀（ドス）で飛ばしたんだよ」

「しかし、それで片はつかなかったんだな？」

「そうなんだ。組長（オヤジ）はおれが止血してると、冷ややかに絶縁を言い渡しやがった。おれは、血塗（ちまみ）れの匕首（あいくち）を引っ摑んで組長（オヤジ）の心臓を貫いてやろうと本気で思ったよ。けど、周りに幹部たちが何人も立ち会ってたんで、組長（オヤジ）を刺し殺すことはできなかったけどな」

名越が忌々（いまいま）しげに言った。

剣持は左右を見た。いつの間にか、入居者たちが歩廊に集まっていた。城戸と徳丸が素姓を明かし、彼らを自分の部屋に引き取らせた。

いつまでもインターフォン越しに元やくざと遣（や）り取（と）りしていたら、マンションの住民の誰かが一一〇番するだろう。所轄署員たちが駆けつけたら、厄介なことになる。

「高校中退の元組員にどう生き直せって言うんだよっ。おれは全身に彫り物を入れてるんだ。そんな人間にまともな働き口があると思うか？　あったら、紹介してくれや。刺青（スミ）を手術で完全に消すことはできるが、手術代が一千万前後かかるんだぜ。そんな銭はねえ」

「名越、いったん部屋から遠ざかる。それで、おれは雨宮の携帯を鳴らすよ。だから、必ず電話口に出てくれ。人質を解放してくれるんだったら、いろいろ譲歩する気はあるんだ」

「そういうことなら、人質の官給携帯に連絡してきな」

名越の声が途切れた。

剣持は五〇五号室を離れ、二人の部下と一階ロビーに降りた。そして、三人は目立たない場所にたたずんだ。

「主任、二階堂理事官に電話して特殊チームに助けてもらったほうがいいんじゃないですか？ 名越は、服役中の兄貴分の愛人をコマしたんですよ。おそらく人質も……」

城戸が言った。

「雨宮はやすやすとレイプされたりしないさ」

「だけど、彼女は持ってたローシンL25を名越に奪われてしまったんすよ。ポケットピストルでも至近距離から撃たれたら、命を落とすことになるでしょう。銃口を眉間に押し当てられて、裸になれと命じられたら、逆らえなくなっちゃうんじゃないかな」

「五〇五号室には、浅利克巳もいるんだ。名越は本気で雨宮を穢す気なんかないんだろう」

「わかりませんよ、相当な女好きみたいっすからね。色っぽい美女が人質なら、むらむらとしそうだな」

「そうだろうか」

　剣持は城戸に応じ、徳丸に頭を向けた。

「雨宮は、いい女だからな。名越が妙な気持ちになってもおかしくないんじゃねえか、部屋に浅利がいてもさ。もしかしたら、浅利も欲情をそそられるかもしれねえぞ。早く雨宮を救出してやらねえとな」

「といって、SAT(サット)あたりに出動を要請してもらったら、極秘捜査班(チーム)の存在を警察関係者やマスコミに知られてしまうでしょう?」

「それは、まずいよな。雨宮のポリスモードを鳴らして、人質の命を最優先することにしたから、逃走用の車を用意したって名越に嘘をつこうや」

「その手でいくほかなさそうですね。徳丸(トク)さんと城戸は、五階の死角になる場所に身を潜めてください」

「そっちはどうするつもりなんだ?」

「六〇五号室の入居者に事情を話して、ベランダに行かせてもらいます」

「そこから五〇五号室のベランダにそっと降りて、部屋に突入する気だな」

「ええ、そうです。サッシ戸の内錠が掛けられてたら、ガラスを蹴破って室内に躍(おど)り込みます」

「六〇五号室のベランダの手摺をしっかりと摑んでねえと、足を踏み外しそうだな。庭に落下したら、死んじまうかもしれねえ。いくらなんでも、危険だろうが。剣持ちゃん、別の作戦を考えようや」

「細心の注意を払えば、下に落ちることはないでしょう。雨宮が元やくざに身を穢された上に撃ち殺されるようなことになったら、おれは償いようがありません。ちょっと危険ではありますが、その手でいきます」

「主任、おれがベランダから浅利の部屋に突入してもいいっすよ」

城戸が言った。

「そっちは図体がでかいから、六〇五号室のベランダから真下の階に降りるときに自分の体を支えられなくなるだろう。城戸に万が一のことがあったら、女競艇選手に一生恨まれそうだ。そういうのは勘弁してほしいな」

「だけど……」

「おれは弁護士の別所未咲とつき合ってるが、彼女と婚約してるわけじゃない。運悪く殉職したとしても、大きな支障はない」

「剣持ちゃん、おれが最年長なんだから、五〇五号室のベランダに飛び降りらあ。そうさせてくれねえか」

「徳丸さんにもしものことがあったら、『はまなす』の女将に恨まれるでしょう。それも避けたいな」

「佳苗っぺはおれが死んでも、特に悲しまねえと思うよ」

「徳丸さん、勝ち気な女性ほど涙もろいもんです。おれが主任なんだから、この役回りを誰かに押しつけることはできません」

剣持は部下たちに言って、懐から刑事用携帯電話を取り出した。梨乃のポリスモードを鳴らすと、スリーコールで通話可能状態になった。

なぜだか名越は息を弾ませている。梨乃を組み敷き、淫らな行為に耽っていたのか。

剣持は一抹の不安を覚えた。

「雨宮って女、気が強えな。なかなか裸になろうとしねえから、服を脱がそうとしたんだよ。そうしたら、いきなり腕に咬みついてきやがった」

「大事なとこを嚙み千切られなくてよかったじゃないか。それはそうと、人質の命を最優先することにした。逃走用の車としてスカイラインを提供するから、雨宮を自由にしてやってくれ」

「おれたち二人を見逃してくれるって言うのか⁉」

「そういうことだ。いまから十分後におれの仲間が五〇五号室に人質を引き取りに行くんで、急いで浅利と逃げる準備をしといてくれ」

「わかった。罠(わな)だったら、てめえらを皆殺しにするぞ。いいな！」

名越が通話を切り上げた。

剣持たち三人はエレベーターに乗り込んだ。徳丸と城戸が五階で函(ケージ)から出た。剣持は六階まで上がり、六〇五号室のインターフォンを鳴らした。

部屋の主は四十代の男性地方公務員だった。剣持は刑事であることを明かし、事の経緯を伝えた。むろん、極秘捜査班に属していることは喋らなかった。

部屋の主は、きわめて協力的だった。趣味が登山だということで、丈夫な太いザイルを貸してくれた。ありがたかった。

剣持は靴を持って、六〇五号室のベランダに歩を進めた。

借りたザイルを手摺(てすり)の下部に結びつける。剣持は垂らしたザイルを伝って、五〇五号室のベランダに降下した。

屈(かが)み込んで、サッシ戸に手を掛ける。

内錠は掛けられていなかった。剣持は右手にイタリア製の小型拳銃を握り、サッシ戸をそっと開けた。

ベランダに面した居間の長椅子には、梨乃が坐っていた。両手と両足首をネクタイできつく括(くく)られている。口許は塞(ふさ)がれていない。

剣持は土足で居間に上がり込み、真っ先に梨乃の縛(いまし)めをほどいた。

「失敗(ドジ)を踏んでしまって、すみません。わたし、急に催涙スプレーの噴霧を浴びせられたものですから……」

「まだ目が赤いな。痛みは？」

「もう痛みはだいぶ薄れました。主任、二人は寝室にいます」

「わかった。雨宮は玄関ドアのロックを外して、徳(トク)丸さんと城戸を部屋の中に入れてくれ」

「了解です」

「そっちの護身拳銃は、名越が持ってるんだな？」

「ええ。ベルトの下に差し込んでます」

梨乃が囁(ささや)き声で答えて、忍び足でリビングから出ていった。

剣持は両手保持でベレッタ・ジェットファイアーを構えながら、一歩ずつ寝室のドアに近づいた。

ドア越しに、浅利克巳と名越翼の話し声が聞こえる。企業や個人に振り込ませた情報料の預金通帳と銀行印を集めているようだ。すでに現金の類(たぐい)は、ひとまとめにしてあるのだろう。

剣持はノブを静かに回し、ドアを押し開けた。

浅利と名越はベッドの横にしゃがみ、キャリーケースとトラベルバッグに何か詰めていた。

「撃たれたくなかったら、二人ともゆっくりと両手を挙げろ。そのままの姿勢でな」

剣持は小型拳銃の銃身を左右に振った。梨乃を先頭にして、徳丸、城戸の三人が駆け寄ってきた。すかさず徳丸と城戸が浅利たちに銃口を向ける。

梨乃が寝室に走り入って、名越のベルトの下から自分のポケットピストルを引き抜いた。その銃口は、名越の側頭部に突きつけられた。梨乃は警察手帳も取り返した。

「もう逃げやしねえよ。だから、撃つな」

「さっきまでの勢いとは、ずいぶん違うわね」

「形勢が逆転したんだから、しょうがねえだろうが！」

名越が悪態(あくたい)をついた。

梨乃が黙って名越の脇腹を蹴りつける。元やくざは横に転がった。

「おまえ、名越に丸岡剛一を始末させたんじゃないのかっ。殺された丸岡は、そっちが名越と裏ビジネスに励んでたことを知ってたようだからな」

剣持は浅利を睨んだ。

「わたしは……」

「そっちは丸岡に粉飾決算を独断でやったことにされたんで、『デジタルネーション』の元社長を恨んでたんだろう。犯行動機はあるわけだよな」

「おたくら、何者なんだ⁉」

「本庁の人間だよ。所属は明らかにできないが、丸岡殺しの事件を調べてる」

「丸岡を殺してやりたいと思ったことは幾度かあるが、わたしは三月四日の事件には関わっていない。名越に殺人依頼をしたことは絶対にないよ。な、そうだよな？」

浅利が名越に声をかけた。名越は転がったまま、大きく二度うなずいた。

「また空振りだったようだな。雨宮、服部管理官に報告してくれ」

剣持は梨乃に言って、ベッドに腰かけた。急に徒労感に包まれたのである。梨乃が寝室の外に出た。

徳丸が浅利に前手錠を掛ける。城戸が荒々しく名越を引き起こし、腰のサックから手錠を外した。

剣持は長く息を吐いた。

2

マグカップが空になった。

剣持は椅子から腰を上げた。自宅マンションのダイニングテーブルに向かっていた。浅利克巳と名越翼の身柄を服部管理官に引き渡した翌日の午前十時過ぎだ。

剣持はシンクに歩み寄り、手早くマグカップやパン皿を洗った。タオルで手を拭いていると、部屋のインターフォンが鳴った。

剣持は壁の受話器は取らなかった。玄関ホールを抜け、ドア・スコープに片目を当てる。来訪者は管理官の服部清人だった。

剣持は玄関のドアを開けて、服部を三和土(たたき)に請(しょう)じ入れた。

「昨夜(ゆうべ)はお世話になりました」

「剣持さん、敬語はやめてくださいよ。あなたのほうが四つ年上なんですから。わたしがキャリアだからって、妙な気遣いは無用です」

「そう言ってくれるんなら、くだけた喋り方をさせてもらうよ」

「ええ、そうしてください」

「まさか浅利が名越に丸岡剛一を殺らせたと吐いたわけじゃないよな?」

「捜査本部は今朝八時から浅利と名越を厳しく取り調べました。しかし、どちらも丸岡殺しには関与していませんでしたよ」

「やっぱり、そうだったか」

「ちょっと手がかりになりそうな情報が本庁の組対部から寄せられたので、剣持さんの耳に入れておくべきだと判断したんですよ。上がらせていただいてもかまいませんか?」

　服部が言った。

　剣持はスリッパラックに腕を伸ばし、来訪者を居間のソファに坐らせた。

　コーヒーメーカーには、まだコーヒーが残っていた。マグカップにコーヒーを注ぎ、管理官の前に置く。

「どうかお構いなく。剣持さんも坐ってもらえます?」

「わかった」

　剣持はコーヒーテーブルを挟んで服部管理官と向かい合った。

「早速ですが、本部事件の被害者丸岡は去年の春先から裏ビジネスとして〝地下銀行〟でだいぶ稼いでたようです」

「非合法の海外送金の代行をしてたのか、丸岡剛一は」

「ええ。正規の銀行免許を持たない地下銀行が不法滞在の外国人たちの海外送金に利用されるようになったのは、一九九〇年代の初頭です」

「そうだったな。確か大阪府警が一九九二年の二月、韓国人ホステスたちの送金を代行した輸入雑貨販売会社を摘発したのが初の事案だったんじゃないか」

「ええ、そうです。それでも地下銀行の利用者は年ごとに増え、二〇一二年三月までに全国で八十五件、銀行法や外為法違反容疑で摘発されました。その時点で、送金総額は約六千二百二十二億円でした」

「そんな巨額が海外に流れてたのか」

「そうなんですよ。日本から不正なルートを通じて海外に流出する金の総額は年々増えて、いまや年間一千億円以上と言われてます」

「日本の損失は大きいな」

「そうですね。地下銀行について、組対部(そたいぶ)からレクチャーを受けてきました。一般的な仕組みはこうです。日本に出稼ぎに来た外国人はひと稼ぎすると、故国の家族や友人に送金しています。しかし、正規の銀行を使ったら、自分らの素姓が露見してしまいますよね？」

「そうだな。そこで、不法入国した奴らやオーバーステイの外国人は地下銀行を利用するわけだ」

「ええ。地下銀行を運営してる過半数は、日本で暗躍してる外国人マフィアです。ケースごとに少し違いはありますが、送金依頼があると、地下銀行組織は現地の協力者の口座に現地通貨で振り込みます。その協力者は、すぐに依頼人の希望する口座に同額を振り込む」

「地下銀行の手数料は一パーセントぐらいだと聞いてるが……」

「通常、日本円で百万円までが一パーセントです。送金額が百万円をオーバーすると、二百万円未満まで二パーセントの手数料を取ってるようですね」

「そう」

「地下銀行の多くは、送金手数料で利益を得てるんです。ただ、韓国を送金先にしてる地下銀行は為替差益を収入源としてますね」

「つまり、手数料は取ってないんだ？」

「現在は、そうなってるそうです。七、八年前まで韓国系の地下銀行は手数料と為替差益の二本立てで荒稼ぎしてたようですが、客が減ったことで手数料は取らなくなったみたいですよ」

「地下銀行の窓口になってるのは、レンタルビデオ店とか飲食店なんだろう？」

「犯罪組織が仕切ってる地下銀行は、そういう所を窓口にしてるようですね。ただ、個人で違法送金をしてる地下銀行はネットの裏サイトで客を集めてるそうです。外国人向けのフリーペーパーに三行広告を打ってる者もいるみたいですよ」

「丸岡も、ネットの裏サイトで海外送金代行のＰＲをしてたのかな？」

「その通りです。丸岡剛一はアジア、南米、中近東の八カ国に不正送金して手数料を六、七千万円稼いでたようですね。いただきます」

服部がマグカップを持ち上げた。剣持はセブンスターに火を点けてから、管理官に話しかけた。

「本部事件の被害者丸岡は送金先の協力者をどうやって見つけたんだろう？」

「ネットの裏サイトで探したようですね。それから丸岡は『デジタルネーション』の子会社と称するペーパーカンパニーをケイマン諸島、ジャージー島、マン島などに設立し、租税回避地（タックスヘイブン）を迂回（うかい）させて送金してたらしいんです」

「そういう形で迂回送金すれば、バレにくいだろうな」

「ええ。丸岡はイラン人の麻薬密売グループに依頼された送金については、アラブ首長国連邦経由でイランの家族や恋人に汚れた金を送ってやってたみたいですね」

「悪知恵が回るな」

「丸岡は不良イラン人グループのハヒム・ミラニーと仲がよかったんですが、どうも去年の秋に受け取った送金用の金を着服したようなんですよ。着服金は日本円にして約四百五十万円だったそうです」

「その金は麻薬密売で儲けた金の一部なんだろうな」

「はい、そうです。イラン人の麻薬密売グループは八年前に一斉に手入れを喰らって、歌舞伎町、渋谷、上野から消え、それぞれの残党が錦糸町、横浜、浜松なんかに散りました」

「ハヒム・ミラニーのグループは歌舞伎町で各種のドラッグを密売してたのか？」

「そうなんです。盛り場では摘発されやすいので、ハヒムのグループは目白や代々木の住宅街で常連客に覚醒剤や大麻を売るようになって、しぶとく生き延びてるんです。グループのメンバーは十六人だそうです」

「ハヒムがボスなの？」

「ええ、そうです。もう四十一歳だそうですが、若く見えますね。これがハヒム・ミラニーです」

服部が鞄の中から、書類に添付されている顔写真を取り出した。印画紙の中のイラン人男性は三十代半ばにしか見えない。口髭をたくわえているが、まだ若々しかった。

「ハヒムはテヘランの名家の出身なんですよ。ですけど、大学生のころに反体制運動にのめり込んで親から勘当されてしまったんです」

「日本には正規に入国したのかな」

「ええ。観光ビザで十六年前に入国したんですが、そのまま不法滞在してるんですよ。東京入管（東京入国管理局）はハヒムを何度も検挙ようとしたんですが、うまく逃げられてしまったようです」

「いまの塒はわかってるの？」

「マンスリーマンションやホテルを転々としてるんですが、シェイラというコロンビア人の彼女の百人町のマンションに泊まることが多いそうです。シェイラの自宅の住所は、ハヒムの写真の下のメモに書いておきました」

「そう。大久保通りに南米出身の街娼が立ってたころは、不良イラン人の男たちが彼女たちのヒモ兼用心棒だったが、ハヒム・ミラニーもコロンビア人女性に売春をさせてるのか」

「シェイラは売春婦ではありません。大久保通りにある『バイラバイラ』というラテン・パブのホステス兼ダンサーです。ハヒムはその店に通ってるうちに、シェイラと親密になったようですね」

「そう。丸岡剛一が送金代行を引き受けながらも約四百五十万円をそっくりネコババしたことが事実なら、ハヒムは黙ってなかっただろうな」

剣持は言った。

「ハヒムは『デジタルネーション』の周辺で手下と一緒に何度も待ち伏せして、丸岡を拉致しようとしたようですよ。しかし、そのつど丸岡剛一はうまく逃げたんでしょう」

「そうだろうな」

「二階堂理事官は、ハヒムが丸岡を殺害したとは思えないと言ってたんですが……」

「管理官は、そう疑うことも可能ではないかと考えはじめてるんだろう？」

「ええ。自分の筋の読み方は間違ってるのでしょうか？」

服部が問いかけてきた。

「あながち見当外れではないと思うな。ハヒムたちは危ない橋を渡って、およそ四百五十万を稼いだんだろう。イランの家族にてっきり渡ってると思ってたのに、実は送金されてないと知ったら、地下銀行屋に怒りを覚えるにちがいない」

「そうですよね。日本円にして約四百五十万円は大金とは呼べないかもしれませんが、ハヒムたちはリスクを背負いながら……」

「管理官の言う通りだな。イランにいる家族は送金を当てにしてただろう。そういう大切な金を着服した奴は赦(ゆる)せないと思うだろうね」

「ボスのハヒムが直(じか)に手を汚したとは考えにくいんですが、手下の誰かが先月四日の夜に丸岡剛一を殺害したのかもしれません。そんな気がしてるんですが、チームでそのあたりのことをちょっと調べてみてくれませんか。できれば、理事官や鏡課長には内緒でね」

「調べてみよう。シェイラの顔写真(ガンクビ)はないのかな」

「九年前に入国したときの顔写真は手に入ったんですが、だいぶ印象が違ってるでしょうから、持ってきませんでした。いまは三十一歳の女盛りのはずです。二十二、三のころとはかなり外見も変わってるでしょうね」

「そうだろうな。自宅と職場がわかってるんだから、顔写真がなくても問題ないだろう」

「筋読みが外れたら、勘弁願います。ハヒムがクロかシロかはっきり確認してもらわないと、なんだかすっきりしないんです」

「わかるよ。過去に似たような思いをしたことがあるんでね」

剣持は小さく笑った。

服部はコーヒーを飲むと、剣持の自宅を辞した。剣持は玄関先で管理官を見送り、居間に戻った。ふと思い立って、丸岡剛一の異母弟に電話をかけた。

丸岡謙輔はツーコールで電話に出た。

「兄貴を殺した犯人が捕まったんでしょうか？」

「朗報じゃないんだ。きみに教えてもらいたいことがあるんだよ」

「どんなことを知りたいのですか？」

「きみは、腹違いの兄貴が地下銀行ビジネスで六、七千万円を稼いでたことに薄々気づいてたのかな？」

剣持は単刀直入に訊いた。

「地下銀行というと、不法滞在外国人たちの送金代行で手数料を稼いでる非合法ビジネスですよね？」

「そう。兄貴がそういう裏仕事をしてるんだと打ち明けたことは一度もない？」

「ええ、ありませんでした。ただ、事件が起こる二カ月あまり前、異母兄はイラン人の男に何か勘違いされて一方的に恨まれてると洩らしてましたが……」

「そのときの様子を詳しく話してくれないか」

「はい。兄貴は深刻そうな顔つきでした。何か誤解されて、イラン人の男に命を狙われてると感じてたのかもしれません。そうだとしたら、イラン人の男に刺し殺されたとも疑えるんじゃないでしょうか」

「そうだね」

「剣持さん、そのイラン人男性の名はわかってるんですか？」

「ハヒム・ミラニーという名で、四十一歳だそうだ」

「そのイラン人の住まいはどこにあるんでしょう？」

丸岡謙輔が早口で訊いた。

「きみは何を考えてるんだ」

「ハヒムというイラン人に会って、直に追及してみます。そいつ自身か、仲間の誰かが兄を殺したのかもしれませんので」

「相手は不良イラン人なんだ。そんなことをしたら、逆にきみは痛めつけられるだろう。下手をしたら、殺されるかもしれないな。早く犯人に捕まってほしいと思っても、そんな危険なことはしちゃ駄目だよ」

「ですけど、このまま事件が迷宮入りしたら、殺された兄貴は浮かばれません」

「こっちが不良イラン人グループのボスを揺さぶってみるから、きみは勝手に動いたりしないでくれ。いいね？」

「いい加減に兄貴を成仏させてやりたいんです」

「そう遠くないうちに、事件は解決すると思うよ」

剣持はいったん通話終了ボタンを押し、城戸のポリスモードを鳴らした。

スリーコールで、電話は繋がった。

「城戸はアジトにいるのか？」

「ええ。まだメンバーは誰も来てないっすよ。主任も、こっちに来るのが遅くなるんすか？」

「そうじゃないんだ。服部管理官がおれの自宅を訪ねてきて、新事実を組対部から引っ張ってくれたんだよ」

剣持は、丸岡剛一が不正送金の代行を裏ビジネスにしていたことを喋った。

「丸岡は〝地下銀行〟で六、七千万円も稼いでたんですか。その上、ハヒム・ミラニーから預かった約四百五十万円を着服したかもしれないんっすね」

「そうなんだ」

「丸岡は金の亡者（もうじゃ）だったんだろうな。そんな汚いことをやってたんなら、不良イラン人グループに命を狙われても仕方ないですね。ハヒム・ミラニーが配下の者に丸岡剛一を片づけさせたのかもしれないな」

「城戸、それを二人で確かめに行こう。この時間なら、ハヒムは彼女のシェイラの自宅マンションの『エルコート大久保』にいるだろうな。違法捜査になるが、二〇三号室に押し入ってハヒム・ミラニーを締め上げてみよう」

「わかりました」

「午前十一時半に新宿中央公園の淀橋給水所の前で待ってる。都庁の第二庁舎の真裏なんだが、わかるな？」

「ええ。どっちの車で行ったほうがいいですか」

「スカイラインを転がしてきてくれ」

「了解です。では、後ほど！」

城戸が電話を切った。

剣持は紫煙をゆったりとくゆらせてから、外出の準備に取りかかった。部屋を出ると、小田急線で新宿に向かった。スラックスの内側に装着したホルスターには、イタリア製のポケットピストルが収まっている。

剣持は地下街をたどって、新宿中央公園の前に出た。淀橋給水所の前に立ったのは十一時二十分過ぎだった。

待つほどもなくスカイラインが目の前に停まった。

剣持は助手席に乗り込んだ。城戸が車を発進させる。スカイラインは高層ビル群を抜け、青梅(おうめ)街道に出た。新宿大ガードを潜(くぐ)る。

車は靖国(やすくに)通りを少し走り、新宿区役所の前を通過した。職安通りを突っ切り、大久保通り方向に住む。数百メートル先に『エルコート大久保』が左手にあった。三階建ての低層マンションだ。

城戸が車を『エルコート大久保』の際(きわ)に寄せる。剣持は先にスカイラインから降り、城戸を待った。

二人は階段で二階に上がった。

剣持は二〇三号室の青いスチールのドアに耳を押し当てた。部屋の中は静かだった。

「入居者の姿を見たら、すぐ教えてくれ」

剣持は部下に言って、ピッキング道具を取り出した。

道具といっても、編み棒に似た二本の針金状の物だ。片方は棒状だが、もう一方は平たい。小型ドライバーの先端のような形状だった。両手に布手袋を嵌める。

剣持は、鍵穴に二本の金具を差し込んだ。右の手首を捻(ひね)ると、金属と金属が嚙み合った。シリンダー錠は苦もなく外れた。チェーンは掛けられていなかった。

剣持は少しずつドアを開け、室内に滑り込んだ。城戸もすぐに部屋に忍び込む。

間取りは1LDKだった。二人は靴を履いたまま、居間まで進んだ。

すると、右手の部屋から男の鼾と女の寝息が洩れてきた。

どうやらハヒムとシェイラは、まだ就寝中らしい。剣持はインサイドホルスターから
ポケットピストルを引き抜き、寝室のドアを開けた。

ダブルベッドの上に、外国人のカップルが横たわっている。どちらも全裸だった。濃厚な交わりの後、そのまま寝入ってしまったのだろう。床にはランジェリーやナイトウエアが散乱している。

男はハヒム・ミラニーだった。女はコロンビア人のシェイラだろう。頭は金髪に染められていたが、股間の繁みは真っ黒だった。

剣持はベッドに近づき、ハヒムの脇腹に銃口を押し当てた。イラン人が目を覚ます。

「大声を出したら、シュートするぞ」

「おまえたち、どこの誰？」

ハヒムが訛のある日本語で問いかけてきた。

「その質問には答えられない。あんた、丸岡剛一に送金代行を頼んでたようだな」

「わたし、その名前の男知らない」

「正直にならないと、引き金を絞るぞ！」

剣持は声を高めた。シェイラと思われる女性が跳ね起きた。豊満な乳房が揺れた。城戸が大型拳銃の銃口を裸の女に向ける。

「コロンビア人のシェイラさんだね」

剣持は確かめた。

「そう、シェイラ。あなたたち、強盗？」

「勝手に部屋に押し込んだが、おれたちは物盗りじゃない」

「どんな用があったの？　わたし、それ、知りたいね」

「ハヒム・ミラニーに訊きたいことがあるんだ。きみに迷惑はかけないよ。だから、騒がないでほしいんだ」

「大声を出さなきゃ、わたしたちを撃たない？」

「ああ、約束するよ」

「オーケー、わかったわ」

シェイラが、立てた両膝を胸に抱え込んだ。

剣持はハヒムに向き直った。

「丸岡、悪い男ね。わたしが送金をしてくれと渡したおよそ四百五十万円、自分の物にしちゃった。頭にきたね」

「それで、そっちは手下の誰かに先月の四日の夜、丸岡剛一を殺らせたのか。それとも、ダガーナイフで丸岡を刺し殺したのかな？」

「わたしはもちろん、仲間の誰もが丸岡の事件にはタッチしてない。それ、本当の話ね。わたし、お金を持ち逃げした丸岡のこと、信用できなくなった。四百五十万ほど損したけど、ビジネスでまた稼げる。でも、殺人事件に関係したら、イランに強制送還されるかもしれない。仲間の男たちも、みんな、イランには戻りたくないと思ってる。日本は天国ね。わたしたち、麻薬ビジネスをしてるけど、ほかに悪いことはしてないよ。それ、嘘じゃないね。わたし、シェイラと日本で幸せになりたい。だから、撃たないで！」

ハヒムが哀願した。よく見ると、目に涙を溜めている。イラン人の言葉を信じてもよさそうだ。

剣持は部下に目配せして、先に寝室を出た。

3

赤信号に引っかかった。

城戸がブレーキペダルを踏む。赤坂見附交差点だった。『エルコート大久保』を後にして、西新橋のアジトに向かっていた。

剣持は助手席に坐っていた。

信号が青になった。城戸が、ふたたび車を走らせはじめた。そのすぐ後、剣持の懐で刑事用携帯電話（ポリスモード）が鳴った。手早くポリスモードを摑み出す。

電話をかけてきたのは服部管理官だった。

「剣持さん、ハヒム・ミラニーには接触できました？」

「不良イラン人はシロだな」

剣持は経過を話した。

「わたしが余計なことを言ってしまったんで、剣持さんたちに無駄骨を折らせてしまいましたね。すみませんでした」

「気にすることはないよ。ハヒムにはすぐ接触できたわけだから、ロスしたのは一時間かそこらだ。それより、捜査本部に何か動きは？」

「捜査班は、八王子の大地主の衣笠太吉（きぬがさたきち）という七十三歳の老人をマークしはじめてます。『デジタルネーション』の元社員たちの証言で、被害者の丸岡剛一が去年の春に衣笠から個人的に一億円を借りてたことがわかったんですよ」

「二人の接点は？」

「ちょうど二年前にラスベガスのカジノでたまたま一緒になって、二人は名刺交換したようです。その後、幾度か会食したことがあったみたいですね」

「衣笠という男は事業家なのかな」

「そうです。親から相続したJR八王子駅周辺の土地に十一棟の貸ビルを建て、家賃収入だけで充分に喰えるんですが、レストランやカフェも経営してます。さらに地元のテキ屋の親分に性感マッサージ店やキャバクラなどの経営も任せてるそうです」

「そうか。丸岡はまったく金を返してなかったんだ？」

「ええ、そうなんです。衣笠は返済はしばらく猶予してやるからと言って、丸岡に性感マッサージ店のダミー経営者になれと脅迫したらしいんですよ」

「丸岡剛一は、それを断ったのか？」

「はい、そうです。怒った衣笠は、親しくしてるテキ屋の親分に丸岡を拉致させて、丹沢湖あたりに投げ込ませようとしたんですよ。ですが、逃げられてしまったようです」

「それは、いつのこと？」

「去年の九月上旬のことです。捜査本部は、衣笠がその親分を通してテキ屋の八王子睦友会の若い者に被害者を始末させようとした疑いがあるという見方を強め、きょうから本格的にマークすることになったんですよ」

「捜査本部の筋読みは外れてる気がするな」

「なぜ、そう思われるんでしょう？」

「衣笠と親交の深い地元のテキ屋は、去年の九月に丸岡に逃げられてる」

「ええ、そうですね」

「八王子睦友会は失敗を踏んだことで、怪しまれやすいわけだよな。テキ屋の親分は大地主の衣笠太吉とは持ちつ持たれつの関係なんだろうが、丸岡殺しは引き受けないと思うよ」

「ええ、捜査当局に疑われるでしょうからね。ただ、丸岡が自己破産する前に個人資金を交際してた重森香奈に五億円も預けてあったことを知ったら、その隠し金を奪う気になったとしても……」

「そうだったとしたら、八王子睦友会が隠し金を奪ってから丸岡剛一を消した疑いも出てくるな」

　剣持は言った。

「捜査本部の捜査班は衣笠の自宅と八王子睦友会の鳥居治男会長、六十七歳の家に当分、張りつくことになったそうです」

「そうか」

「極秘捜査班はどう動かれる予定なんでしょう？」

「振り出しに戻って、被害者と関わりの深かった人間たちに改めて聞き込みをしてみようと思ってる。うっかり忘れてたことや言いそびれてた事実があるかもしれないからな」

「何か捜査本部（チョウバ）に動きがあったら、すぐ二階堂理事官に報告を上げます」

管理官が通話を切り上げた。

剣持はポリスモードを上着の内ポケットに戻してから、城戸に通話内容を伝えた。

「大地主の衣笠は金には不自由してないんでしょうから、丸岡に貸した一億円を踏み倒されたとしても、しつこく命（タマ）を奪（と）ろうとはしないでしょ？　一度、テキ屋の連中はしくじってるっすからね」

「そうなんだよな」

「八王子睦友会は構成員六百人程度の組織っすよ。露天商だけではシノゲないんで、地元の飲食店や風俗店から〝みかじめ料〟を集めてるはずっす。危険ドラッグの卸しもやってると思われますが、覚醒剤（シャブ）は扱ってないでしょう。上納金はそれほど多くないでしょうから、親分の鳥居が丸岡の隠し金を狙った可能性はありますよ」

「なら、徳（トク）丸さんと鳥居会長をマークしてもらおう。おれと雨宮は、丸岡の彼女だった重森香奈に会ってみるよ」

「わかりました」

城戸が口を結び、運転に専念しはじめた。

それから十分そこそこで、アジトの雑居ビルに着いた。スカイラインを地下駐車場に置き、エレベーターで五階に上がる。

『桜田企画』に入ると、梨乃と徳丸がソファに坐って何か話し込んでいた。

剣持は徳丸の横に腰かけ、不良イラン人のハヒム・ミラニーを揺さぶってみたことを二人の部下に話した。服部管理官から聞いた情報も梨乃と徳丸に伝えた。

「テキ屋の八王子睦友会が丸岡の隠し金を奪う気になったのかもしれねえな。麻薬ビジネスで甘い汁を吸ってない組織は、どこも台所は火の車だろうよ。五億の臨時収入がありゃ、親分の鳥居もちょいと息をつける。そうだろ？」

徳丸が巨漢刑事に顔を向けた。

「そうっすね。ただ、去年の九月に八王子睦友会は丸岡の始末に失敗してるんです。神奈川県警が怪しんで、八王子署にテキ屋のことを問い合わせてるにちがいないっすよ」

「城戸、何が言いてえんだ？　八王子睦友会は丸岡を片付け損なってるんで、五億円の隠し金を奪ったとしても、殺人(コロシ)まではやってねえかもしれない？」

「自分、そんな気がしてきたんすよ」

「城戸の推測通りだとしたら、いったい誰が丸岡剛一を殺ったのか。衣笠って大地主が自ら手を汚したのかね？」

「それは考えられないですよ。衣笠は金に不自由してないんでしょうから、一億円が回収できなくなったからって、丸岡を殺そうとはしないと思うっす」

「城戸、ちょっと待てや。衣笠は去年の九月に八王子睦友会に丸岡を拉致させて、丹沢湖あたりに投げ込ませようとしたって話だったよな？」

「そうっす。そのときは衣笠、頭に血が昇っちゃったんでしょうね。で、鳥居親分に丸岡を始末してくれって頼んだのかもしれないな」

「その後、大地主は冷静さを取り戻した？」

「そうなんじゃないっすか。大金持ちにとって、一億円はたいした額じゃないでしょうからね。おれたちの金銭感覚だと百万程度だろうな。その程度の金を踏み倒されても、リッチマンが自分の手を汚す気にはならないんじゃないっすか？」

「ま、そうだろうな。けど、八王子睦友会にとって、五億円は大金も大金のはずだ。鳥居会長が丸岡の隠し金に目をつけたのかもしれねえぞ」

「テキ屋の親分は、丸岡が自己破産前に個人資産を重森香奈に預けたことをどうやって知ったんでしょう？」

梨乃が徳丸に問いかけた。

「鳥居は衣笠に一億円の取り立てを頼まれてたんじゃねえか。で、若い衆に丸岡剛一をずっとマークさせてた。丸岡はそれに気づかねえで、重森香奈のマンションに通ってた。だから、八王子睦友会の奴らは、香奈の自宅に丸岡の隠し金があることを知ったんだろうよ。もちろん額まではわからなかったんだろうが、大金だとは見抜いてたんだろうな」

「テキ屋の親分が丸岡の隠し金を奪う気だったとしたら、もっと早く重森香奈の自宅に忍び込んでもよさそうだけど……」

「香奈が長い時間、外出することはなかったんだろう」

「そうなんですかね」

「八王子睦友会だけじゃなく、香奈も怪しいことは怪しいよな。剣持ちゃん、雨宮と一緒に重森香奈の交友関係を本格的に洗い直したほうがいいんじゃねえか」

「それは、すでに捜査本部がやってるんです。重森香奈に親しい男がいて、そいつと一緒に丸岡の隠し金を奪ったとは思えないな」

「香奈は、上手に捜査関係者を騙(だま)してるのかもしれないぜ」

「そうなんでしょうか」

「マンションの入居者にもう一度当たってみなよ。香奈は丸岡の目を盗んで、別の男ともつき合ってたんじゃねえのか。正規捜査員たちは、香奈に男の影はないと判断したようだがな」

「そうしてみましょうか」

「昔の同僚か部下に電話すりゃ、八王子睦友会の本部と会長の自宅はわかるよな？」

「ええ」

「なら、どっかで昼飯を喰って、おれたちは八王子に向かおうや」

徳丸が城戸の肩を叩き、ソファから立ち上がった。城戸が腰を上げて、剣持に顔を向けてきた。

「車、どっちを使いましょうか？」

「好きなほうに乗れよ」

「なら、スカイラインで八王子に行くっすね」

「わかった。何か動きがあったら、すぐ報告してくれ」

剣持は城戸に言って、目で二人の部下を見送った。それから数分後、彼は梨乃と一緒に『桜田企画』を出た。

二人はプリウスに乗り込んだ。梨乃の運転で虎ノ門の和食レストランに向かう。その店で日替りランチを食べ、広尾の重森香奈の自宅マンションをめざした。二十分足らずで広尾に達した。

剣持たちはマンションの前で入居者を見つけるたびに、必ず声をかけた。そして、香奈の部屋を訪ねる男性がいなかったかどうか訊ねた。

丸岡以外に香奈の部屋を訪ねる男性はひとりもいないようだった。香奈は用心していて、外で丸岡以外の異性と密会していたのだろうか。そうではなく、そうした男はいなかったのか。

聞き込みを終えてから、相棒の美人刑事が香奈の部屋のインターフォンを鳴らした。しかし、応答はなかった。どうやら外出しているらしい。

剣持たちはプリウスの中で、香奈の帰りを待つことにした。マンションの前の通りに出て十数分後、スーパーマーケットの白いビニール袋を提げた香奈が帰宅した。

「わたしたちは、捜査本部に追加投入された者です。再聞き込みにご協力願えないでしょうか」

剣持は香奈に歩み寄って、作り話をした。梨乃が会釈し、姓だけを名乗った。

「捜査、難航してるみたいですね」

重森香奈が剣持に言った。

「そうなんですよ。その後、何か思い出されませんでした？　どんな小さなことでもいいんですが……」

「三月四日の事件にはなんの関わりもないんでしょうけど、わたし、思い出したことがあるんですよ」

「どんなことです？」

「丸岡さんは仕事用の、ビジネスノートに新聞の切り抜きを大事そうに挟んでたんです。その切り抜きがビジネスノートを開いたとき、床にはらりと落ちたんですよ。それで、わたし、それを拾い上げたんです」

「そのとき、あなたは記事を読んだんですか？」

「見出しは読みました。去年十一月上旬に目黒区内の路上で、大学院生の女性の遺体が発見されましたでしょ？」

「その事件なら、まだ記憶に新しいですね。遺体で発見されたのは乾由紀という二十三歳の大学院生で、確か筋弛緩剤で別の場所で薬殺されて、路上に遺棄されたんだったな」

「なぜ、その大学院生の死を報じる新聞記事を丸岡さんが持ってたのかは謎なんですが、彼がビジネスノートにその切り抜きを挟んでたことは間違いありません」

「切り抜きのことで重森さんは、丸岡さんに何も訊かれなかったんですか？」

梨乃が香奈に問いかけた。

「訊きましたよ。そうしたら、丸岡さんは遺体で発見された大学院生は三週間前に帰宅途中、何者かに拉致されて行方不明だったんだと答えました。わたし、そのことは知らなかったんですよ。彼が言ってたことは、事実なのかしら？」

「ええ、それは間違いありません。乾由紀さんはワンボックスカーに二人組の男に無理矢理に乗せられ、そのままどこかに連れ去られたんです。所轄の目黒署は営利目的の誘拐事件と見たようですが、犯人側から家族に身代金の要求はありませんでした」

「そうなんですか。犯人たちは大学院生をどこかに監禁して、性的な暴行を加えてたんでしょうか。それで、被害者を薬殺して路上に棄てたのかしら？」

「遺体発見後、目黒署に捜査本部が設けられて捜査が続行されてきましたけど、いまも犯人は捕まっていません」

「そうなの。ひょっとしたら、その乾という彼女は丸岡さんの知り合いだったのかもしれませんね。それだから、新聞の記事を切り抜く気になったんじゃないのかな」

「そうではない気がします。単なる臆測ですけど、丸岡剛一さんは大学院生の死体遺棄事件のことを個人的に調べ上げる気になったのかもしれません」

「なぜ調べる気になったんでしょう？　正義感に衝き動かされたんですかね。あるいは、犯人に心当たりがあったのかな」

「そのあたりのことはわかりませんけど、丸岡さんは乾由紀さんの事件のことを何らかの理由で調べる気になったと思われます」

「彼はその事件の真相を暴こうとしたんで、殺されることになったんですか？」

「そうとも考えられますが、まだ断定はできません。丸岡さんがあなたに預けた隠し金がそっくり奪われてますのでね」

「五億円を盗んだ犯人と丸岡さんを殺害した奴は同一犯じゃないのかな。切り抜きのことをもっと早く思い出していれば……」

香奈が声を湿らせ、下を向いた。剣持は香奈に礼を言い、梨乃と一緒にプリウスの中に戻った。

　香奈の姿が見えなくなると、梨乃が口を開いた。

「主任は記憶に留めてるかどうかわかりませんが、路上に遺棄されてた大学院生の体内からは排卵誘発剤が検出されたんですよね」

「排卵誘発剤が検出された⁉　そこまでは憶えてないな」

「そうですか。未婚の大学院生から排卵誘発剤が検出されたという報道に、わたし、奇異な感じを受けたんですよ。乾さんは筋弛緩剤で薬殺されてます」

「ああ、そうだったな。医療関係者でなければ、筋弛緩剤は手に入らないだろう。いや、製薬会社の社員たちも入手可能か。しかし、排卵誘発剤となると、産婦人科医じゃないと手に入らないだろうな」

「そうでしょうね。主任、どこかに闇の卵子提供組織があるとは考えられませんか。乾由紀さんはそうした闇組織に拉致監禁されて、卵子を無断で奪われてたんじゃないのかしら？」

「闇の卵子提供組織が実在するのかもしれないな。考えられないことじゃない」

剣持は同調した。

日本では、性染色体の異常などで妊娠できない女性に限って第三者から卵子を提供してもらえる。しかし、アメリカ、韓国、タイなどでは不妊治療の一つとして卵子提供が広く行われている。もちろん合法だ。

ただし、他人の卵子による受精の試みはアメリカを例に取ると、一回五百万円から八百万円と高い。韓国は三百五十万円前後で、タイでは百数十万円と格安ではある。

ただ、受精率はアメリカが群を抜いて高い。韓国の受精率はアメリカの半分以下でタイは三分の一にも満たない。

それでも、不妊に悩む日本人女性がタイに渡るケースが年ごとに増加中だ。それに伴って、タイで卵子を提供する日本人ドナーも増えている。ドナーには〝協力費〟という形で、六、七十万円の謝礼が払われる。そんなことで、失業中の日本人女性らがタイに渡り、卵子を売っているのだ。

そうした傾向に危うさを感じた産婦人科医がNPO法人『卵子提供登録支援団体（OD-NET）』を二〇一三年一月中旬に設立したが、無償で卵子を提供してもいいという日本人女性は五十人にも満たなかった。現在も大幅には増えていない。

早期閉経やターナー症候群で卵子がない女性は、国内に七十万人もいる。国内で安く第三者から卵子を貰えるとなれば、闇の卵子提供組織に縋る者も少なくないだろう。

逆に言えば、闇の卵子提供ビジネスはおいしいわけだ。問題はドナーが少ないことである。しかし、若い女性はどこにでもいる。彼女たちを引っさらって強引に卵子を奪えば、非合法ビジネスで荒稼ぎできるだろう。

「現職の産婦人科医が裏で卵子提供ビジネスに励んでるとは考えにくいですよね？」

梨乃が言った。

「そうだな。何らかの理由で医師免許を剝奪された元産科医が無法者を使って若い女性を次々に拉致させ、排卵誘発剤を投与して、卵子を勝手に奪ってるのかもしれないぞ」

「乾由紀という大学院生は、そんな闇組織に引っさらわれたんでしょうか。そして、逃亡を図ったのかな。だけど……」

「見つかってしまって大学院生は薬殺されたのだろうか」

「ええ、そんなふうに推測できますよね」

「二階堂さんに乾由紀の事件調書と元産婦人科医のリストを集めてもらおう。おそらく丸岡は闇の卵子提供組織が実在すると確信したんだよ、大学院生の遺棄事件の記事を読んでな」

「多分、そうなんでしょう。丸岡は服役後は起業家として再起したいと周囲の人たちに語ってたから、闇の卵子提供組織を強請って再起の軍資金にするつもりでいたんじゃないのかしら？」

「ああ、考えられるな。重森香奈に預けてあった五億円の隠し金では少し心許ない。丸岡はそう感じたんで、闇の卵子提供組織を〝貯金箱〟にすることを思いついたんじゃないだろうか」

「わたしたちの筋読み通りなら、丸岡は逆に闇の組織に隠し金を奪われた上に殺されたんでしょうね」

「そうなのかもしれない」

剣持は上着の内ポケットに手を突っ込んだ。指先が刑事用携帯電話（ポリスモード）に触れた。

4

西陽（にしび）が弱々しくなった。

剣持は秘密刑事部屋の窓から、眼下の往来を眺めていた。午後四時過ぎだった。

一時間ほど前、剣持はテキ屋の親分宅の近くで張り込んでいる徳丸・城戸班に連絡を取った。八王子睦友会の鳥居会長は盆栽の手入れをしていて、外出する様子はないという話だった。不審な動きは窺えないらしい。

剣持は徳丸に重森香奈から得た情報を話し、二人の部下にいったんアジトに戻るよう指示した。間もなく徳丸たちは『桜田企画』に戻ってくるだろう。

二階堂理事官は夕方までにアジトに来ることになっていた。

「主任、緑茶を淹（い）れました」

梨乃が背後で告げた。

剣持はブラインドを下ろし、窓辺から離れた。梨乃は応接ソファに浅く腰かけていた。

「ありがとう」

剣持は部下を犒(ねぎら)って、ソファに坐った。梨乃と向かい合う位置だった。

「衣笠太吉と鳥居治男は、もう捜査対象者から外そう」

「もう少し二人をマークしなくてもいいんですか」

「どっちもシロだろう。八王子睦友会は衣笠に頼まれて、丸岡剛一を丹沢湖あたりに投げ込もうとしたが、未遂に終わってる」

「ええ、そうですね。そのことで、テキ屋の親分が神奈川県警と八王子署の取り調べを受けたことはさきほど確認しました」

「鳥居は丸岡を片づけることに失敗したんで、自重してただろう。それから若い者(もん)に丸岡を尾けさせてたかもしれないが、そいつが例の五億円の隠し金を嗅ぎつけたとは思えない」

「そうなんでしょうか」

「そうしたことを考えると、鳥居会長は本部事件には関与してないな。刑事の勘ってやつなんだが、間違ってはいないだろう」

「わたし個人はテキ屋の親分をもう少しマークしてもいい気がしますけど、もう回り道はできませんよね？」

「今回は捜査が迷走気味だったから、極力(きょくりょく)、ロスは避けたいな」

「本部事件の被害者丸岡は、去年十一月四日に発生した大学院生の死体遺棄事件の新聞記事をわざわざ切り抜いてビジネスノートに挟んでました。丸岡剛一と乾由紀には接点がなさそうです」

「だろうな」

「おそらく丸岡は、闇の卵子提供組織を調べ回ったことで命を落とすことになったんでしょう。まだ確証は得られてませんが、筋の読み方は間違ってはいない気がするんですよ」

「いつもは控え目な雨宮がそう言うなら、そっちの推測はビンゴなんだろう」

「読みが外れてたら、わたし、坊主頭になります」

「本気なのか!?」

「冗談ですよ。髪は女の命ですから、大切にしないとね」

梨乃がいたずらっぽく笑い、湯呑みを持ち上げた。剣持も釣られて緑茶を啜った。

それから間もなく、徳丸と城戸がアジトに戻ってきた。梨乃がさりげなくソファから立ち上がって、徳丸たち二人の茶を用意しはじめる。

「去年十一月の大学院生の死体遺棄事件のことは、よく憶えてらあ」

徳丸が言いながら、剣持の正面のソファに坐った。その横に巨体の城戸が腰を下ろす。

「電話で徳丸（トク）さんに言いましたけど、丸岡剛一は闇の卵子提供組織を突き止めて、口止め料をせしめる気だったんだと考えられます」

「アメリカで卵子提供を受けると、五百万から八百万円も金がかかるって話じゃねえか。おそらく元産婦人科医が日本で非合法の卵子提供をすりゃ、荒稼ぎできると考えたんだろうな」

「多分ね」

「元産科医じゃなくて、現職のドクターとも考えられるな。少子化で、産院は昔みたいに儲からなくなってるらしいからさ」

「そうなんですが、現職の産科医が危ないサイドビジネスに手を染めたら、人生が暗転する恐れがあるでしょ？」

「産院の経営が苦しくなったら、現役ドクターでも闇の卵子提供ビジネスをする気になるんじゃねえの？」

「城戸はどう思う？」

剣持は巨漢刑事に意見を求めた。

「どの産院も経営は厳しくなってるでしょうけど、現職の医師がダーティー・ビジネスに走ったら、ドクターの資格を失いかねないっすよね？」

「非合法ビジネスが発覚したら、当然、医師免許は剝奪されるだろうな」

「闇の卵子提供をビジネスにしてる奴がいるとしたら、元産科医なんでしょう。そいつは社会的な信用を失ったんで、自暴自棄になって銭(ぜに)を追い求める気になったんじゃないっすか？」

「そうなのかもしれないな」

「何か悪さをして医師免許を失った元ドクターが毎年七、八人はいるみたいですけど、その中に去年殺害された大学院生を配下の者に拉致させて、排卵誘発剤を投与した奴がいるんすかね」

「そう考えてもよさそうだな。二階堂理事官が大学院生遺棄事件の捜査資料と一緒に医師免許を失った元産科医のリストを持ってきてくれることになってるんだ」

「そうっすか」

城戸が口を閉じた。

梨乃が二つの湯吞み茶碗をコーヒーテーブルの上に置き、剣持の隣に坐った。

剣持は煙草をくわえた。三人の部下と推測を巡らせていると、二階堂がやってきた。

「理事官、早かったですね。もう少し遅い時間にお見えになると思っていましたが……」

剣持はソファから腰を浮かせた。徳丸たち三人が相前後して立ち上がる。

「服部管理官が必要な物を速やかに揃えてくれたんだよ。みんな、会議室に移ろうじゃないか」

二階堂が言って、会議室に向かった。理事官は出入口に近い席に坐った。剣持たち四人は、いつものように窓側に並んで腰を下ろした。

二階堂理事官が黒いブリーフケースの中から、四冊のファイルを取り出した。

「大学院生の死体遺棄事件の調書と鑑識写真、それから元産科医のリストをまとめてある」

「助かります」

剣持は四冊のファイルをまとめて受け取り、三人の部下に配った。ファイルの表紙とフロントページの間に、十数葉（すうよう）の鑑識写真が挟まっていた。

殺害された被害者は、目黒区目黒三丁目の裏通りに遺棄されていた。着衣に乱れはなかった。死後硬直は解けているように見える。薬殺されたあと一日以上経（た）ってから、路上に遺棄されたようだ。死顔は安らかだった。

だが、両手と両足首に痣（あざ）があった。被害者は寝台に長いこと固定されていたようだ。

「解剖所見の写しに記述されてるが、被害者の乾由紀は『ミオブロック』という筋弛緩剤を静脈注射されて昏睡状態のまま絶命したようだ。顔に苦悶の色は見られないだろう？」

二階堂が剣持に話しかけてきた。

「ええ、そうですね」

「鑑識写真ではよくわからないかもしれないが、乾由紀の両手の掌と指の内側には引っ掻き傷があるんだ。有刺鉄線で傷つけたと思われる。それから、被害者の腰には木刀で叩かれたような打撲傷があった」

「乾由紀は拉致された後、どこかに監禁されてたんでしょう。それで強引に排卵誘発剤を投与され、卵子を奪われたと思われます」

「そうなんだろうね。被害者は隙を見て逃げ出そうとしたが、見張りの者に気づかれたにちがいない。有刺鉄線が張り巡らされた塀をよじ登ってるときに木刀で腰を撲たれて、ずり落ちてしまったんだろう」

「それで、乾由紀は薬殺されてしまったのか」

「『ミオブロック』は、どの医療施設でも厳重に管理されてるそうだ。部外者がたやすく『ミオブロック』を盗み出すことは不可能に近いだろう」

「乾由紀を監禁して卵子を奪ったのは、元産科医と考えてもいいでしょうね。現職のドクターがそんなことをしたら、身の破滅ですので」

「そうだな」

「乾由紀は性的暴行を受けてたんですか？」

「いや、体は穢されてなかったよ。加害者側は、若い女性の卵子が欲しかっただけなんだろう。乾由紀の死亡推定日時は、去年十一月三日の午後六時から八時の間とされた」

「目黒の裏通りで遺体が発見されたのは、翌四日の午後九時二十分と記述されてましたね」

「そうだったな。薬殺されて丸一日が過ぎてから、遺棄されてる。犯人は遺体の処理方法でだいぶ迷ったにちがいない」

「そうなんでしょうが、どうして遺体を路上に棄てたりしたんでしょうか。そんなことをしたら、若い女性の卵子を強引に奪ってる犯罪者がいることをわざわざ教えてるようなものでしょ？」

「元ドクターなら、遺体を硫酸クロムの液槽に投げ込んでおけば、わずか数時間で骨だけにできることは知ってただろう。そこまで手の込んだことをしなくても、土の下に深く埋めてもよさそうだがね」

「元医師に死体の処分を任された配下の者が手を抜いて、乾由紀の亡骸を目黒の裏通りに遺棄したんだろうか」

剣持は呟いて、事件調書を手に取った。

目黒署に捜査本部が設置されたのは昨年の十一月七日だった。本庁捜査一課第二強行犯捜査殺人犯捜査第四係の十数人が所轄署に出張り、地元署刑事と第一期捜査に当たった。

しかし、一カ月が経っても容疑者は絞れなかった。その後一カ月ごとに本庁から支援捜査員が送り込まれたが、現在も犯人の特定はされていない。延べ動員数は二百人にのぼる。

世田谷区上野毛で生まれ育った乾由紀は有名女子大の修士課程で仏文学を専攻していて、異性関係には乱れがなかった。父親は大手製鉄会社の部長で、母親は専業主婦だ。二つ下の弟はアメリカに留学中だった。

由紀に恋仲の男性はいなかった。過去に産婦人科医院に通ったこともない。

去年十月十三日の夜、乾由紀は学友の目黒三丁目にあるワンルームマンションを出て、徒歩で最寄りの私鉄駅に向かった。しかし、その途中で何者かに黒っぽいワンボックスカーに押し込まれ、どこかに連れ去られてしまった。

目撃者は二人いた。どちらも近所の住民だった。ワンボックスカーには、屈強そうな男が二人乗っていたという。

だが、そのナンバープレートには黒い袋が被せられていたらしい。乾由紀の両親は、あくる朝早く所轄署に娘の捜索願を出した。

そのことで、拉致事件の被害者がわかった。玉川(たまがわ)署と目黒署は合同で初動捜査をした。しかし、乾由紀の行方はわからなかった。

警視庁機動捜査隊も手がかりを得ることはできなかった。そうした経緯があって、目黒署に捜査本部が置かれたのである。

「去年十一月の死体遺棄事件とリンクしてるのかどうかわかりませんけど、一年半前から全国で高学歴の美女が相次いで四十三人も謎の失踪をしてます」

梨乃が誰にともなく言った。最初に応じたのは徳丸だった。

「突然、姿をくらましたのは知性派美人ばかりだったんだよな。二十代で、失踪者の半数近くは首都圏で暮らしてた」

「ええ。それぞれ充実した生活を送っていたので、失踪する理由はなさそうですけどね」

「失踪者の何人かはセダンやRV車に強引に乗せられるところを目撃されてるんで、一部の週刊誌は人身売買組織があって、さらった知的な美女たちをブルネイやアラブ諸国の王族に売り飛ばしてるんじゃないかと面白おかしく書きたててた」

「そうでしたね。かつてAV女優だった日本人女性がブルネイの王族の契約愛人になった例を枕にして、国際愛人バンクがインテリ美人を四十三人も拉致して、各国の大金持に斡旋(あっせん)してるんだろうなんて記事を載せてたゴシップ雑誌もありました」

「そうだったっけな。拉致されたという共通点はあるけど、乾由紀の事件(ヤマ)とは違うと思うよ。由紀はどこかに閉じ込められて、排卵誘発剤を投与され、卵子を奪われたようなんだ。失踪中の知的美女たちは、リッチマンたちのベッドパートナーにさせられてるんだろう」

「そうなんでしょうか」

「美女の連続失踪事件も気になるが、おれたちは丸岡剛一の死の真相を暴(あば)くことが任務なんだ。雨宮、四十三人の美女の失踪の件は切り離して考えようや」

「そうしたほうがいいと思うっすね。丸岡剛一は、大学院生の死体遺棄事件を報じる新聞記事の切り抜きをビジネス手帳に大事そうに挟んでたって話なんだから。本部事件の被害者(マルガイ)丸岡は闇の卵子提供組織がどこかにあるにちがいないと睨んで、首謀者から再起の軍資金をたんまり脅し獲(と)る気でいたんでしょう」

城戸が剣持を見ながら、自信ありげに言った。

「徳丸さんや城戸が言ったように、一連のインテリ美女失踪事件と乾由紀の死は結びつけないほうがいいだろう。雨宮、物事をあまり複雑に考えると、肝心な点を見落とすことがあるからな」

「わかりました」

梨乃が屈託なく応じた。剣持は口には出さなかったが、一年半前から連続して発生している知性派美女の大量失踪のことは気になっていた。

去年の十一月に薬殺された乾由紀も、知的な美人と言えるだろう。

だが、徳丸が指摘したように由紀の体内からは排卵誘発剤が検出されている。拉致犯グループは由紀をセックスペットの類にするために引っさらったわけでないことは明らかだ。したがって、四十三人の高学歴の美女たちの失踪とは犯罪の目的が異なると考えるべきだろう。

「みんな、事件調書にはもう目を通してくれたね」

二階堂理事官が剣持たち四人の顔を順に見た。四人は相前後して顎を引いた。

「過去三年間に医師免許を剝奪された者は十三人いたんだ。好奇心からか、覚醒剤に溺れたドクターが四人もいたよ」

「嘆かわしいな。理事官、ほかの連中は何をやったんです？」

剣持は訊ねた。

「ある産科医は、長年にわたって医療法人の金を着服してたんだよ。ある開業医はアルコール依存症で酒気を帯びて何十回も中絶手術を行ない、独身女性を失血死させた。モルヒネの横流しをして、愛人の手当を工面してた奴もいる。患者の性器を無断撮影して、その拡大写真をネットで販売してた者もいたね」

「ひどいもんだな」

「管理官たちが手分けして元産科医のその後の生活を調べてくれたんだが、大半は落ちぶれて、失意の底にいる。家族に去られて自殺した元ドクターもいるそうだよ。路上生活者(ホームレス)になった者もいたね」

「自業自得でしょう」

「わたしも、そう思うよ。資格を失った元産科医の中でひとりだけ元気で羽振りのいい男がいたんだ。リストの後半に載ってる横尾範之(よこおのりゆき)、四十六歳だよ」

理事官が言った。剣持は、元ドクターのリストに目を落とした。

横尾の項(こう)はすぐ見つかった。二年数カ月前まで横浜市内で自分の産婦人科クリニックを経営していたのだが、若い人妻に麻酔薬を嗅がせ、淫らな行為をしたことで医師免許を失っている。

「廃業直後に横尾は妻子に去られたんだが、少しも落ち込んでないようなんだ。若い愛人を二人も囲って、金回りもいいみたいなんだよ」

「怪しいですね」

「そうだな。もしかしたら、横尾範之が闇の卵子提供ビジネスで荒稼ぎしてるのかもしれないぞ。チームの四人で、少し横尾をリレー尾行してみてくれないか」

理事官が指示した。

剣持たち四人は、相前後してうなずいた。

第四章　透けた恐喝材料

1

跡形もない。

『横尾マタニティークリニック』の本院は取り壊され、月極駐車場になっていた。横浜市港北区日吉本町の一角である。広さは二百数十坪だろう。

「駐車場の賃料だけでも、元産科医には月に百万円前後の収入がありそうですね」

剣持は、横に立っている徳丸に言った。

二人は月極駐車場の出入口付近にたたずんでいた。夕闇が濃い。

「その程度の収入じゃ、愛人を二人も囲えるわけない。横尾範之は非合法ビジネスで荒稼ぎしてるんだろうよ。その裏仕事が闇の卵子提供ビジネスかどうかわからねえけどな。

けど、その疑いは濃いんじゃねえのか」

「ええ、疑わしいですね」

「管理官たちの調べによると、青葉区青葉台にある分院の建物はそのままになってるってことだったよな？」

「そうですね。横尾は離婚後、その分院の一室で暮らしてるようです。大倉山にあった家は売却して、代金のほとんどを別れた奥さんに渡したと資料には書かれてました」

「ああ、そうだったな。剣持ちゃん、いまは横尾の自宅になってる分院のほうに行ってみようや」

「そうしますか。本院があった周辺で聞き込みをしても、有力な手がかりは得られないでしょうからね」

剣持は七、八メートル先の路上に駐めてあるプリウスに歩を進め、運転席に乗り込んだ。徳丸が助手席に腰を沈める。

城戸・雨宮班はフリージャーナリストを装って、横尾の知人や元看護師たちを訪ねる段取りになっていた。剣持は車を走らせはじめた。青葉区は同じ横浜市内にある。
十六、七分で、目的地に着いた。
『横尾マタニティークリニック』の分院は閑静な住宅街の外れにあった。三階建ての鉄筋造りで、外壁は純白だった。

　当然、産院の看板は外されていた。三階だけに電灯が点いている。どうやら横尾は、最上階を住居スペースにしているようだ。道路側の石塀の上部には鋭い忍び返しが連なり、有刺鉄線が絡みついている。防犯カメラは三台も設置されていた。

「去年の十一月に薬殺された乾由紀の両手の掌（てのひら）には、引っ掻き傷があったんだよな」

　助手席で、徳丸が言った。

「ええ」

「殺された乾由紀は、分院だった建物の一室に監禁されてたんじゃねえのか。手術台か分娩台に固定されて、卵子を勝手に取り出されたんだろうな。排卵誘発剤を投与されてたからさ。乾由紀は恐ろしくなって、逃げようとした。けど、塀をよじ登ってるときに運悪く見つかっちまったんだろう」

「で、有刺鉄線で両手を傷つけたんですかね。しかし、分院は山の中にあるわけじゃありません。拉致した若い女性を監禁して、無断で卵子を奪ってたら、近所の住民に気づかれるでしょ？」

「引っさらった女たちは、真夜中に建物に連れ込んでたんじゃねえのか。おそらく地下室に閉じ込められたんだろうな。このあたりは邸宅街だから、家々の敷地が割に広い。

引っさらった女が泣き喚いても、地下室から声が外に洩れることはないんじゃないか」

「有刺鉄線が張られて防犯カメラが三台も据えられてるのは、確かに怪しいですね。以前、分院として使われてた建物の中で、卵子提供の医療行為が行われてたんだろうか。しかし、受容者の女性たちが建物に出入りしてたら、周辺の住民に不審がられるでしょ？」

剣持は異論を唱えた。

「受精卵を子宮に入れてもらうレシピエントたちも、夜中に元分院に出入りしてたんじゃねえのか。なるべく物音をたてないようにそっとな」

「そうなんだろうか」

「剣持ちゃんは、この元分院では拉致した若い女の卵子を勝手に奪ってるだけだと……」

「多分、そうなんでしょう。受精に成功した場合は、別の場所でレシピエントの体内に受精卵を着床させてるんじゃないのかな。そういうことは、患者の自宅でもできますからね」

「受精卵を子宮に着床させるだけなら、別に産院じゃなくてもいいわけか。なら、この元分院では引っさらった若い女から強引に卵子を奪ってるだけなんだろう。それで、横尾はクーラーボックスに入れた受精卵を持って不妊で悩んでるレシピエントの家々を訪ねてるとも考えられるな」

「ええ。気になるのは、いまも元分院の中に拉致された若い女性が何人か閉じ込められてるかどうかですね」

「数は推定できねえけど、何人かは監禁されてるんじゃないのか。卵子の個数が多いほど商売になるんだから、いつもドナーは何人か確保してるにちがいない」

「徳丸さん、週刊誌の特約記者になりすまして、それぞれが周辺の聞き込みをしてみましょう。車をもっと先の暗がりに移動させます」

剣持はプリウスを数十メートル先まで走らせ、ガードレールに寄せた。すぐに二人は車を降り、二手に分かれた。

剣持は一軒ずつ戸建て住宅のインターフォンを鳴らした。だが、週刊誌の取材だと口にしたとたん、門前払いされてしまった。

偽取材に応じてくれたのは、十一軒目に訪れた家の主だった。

六十年配の男はわざわざ家の中から出てきて、門扉を開けてくれた。剣持はありふれた姓を騙り、偽名刺を差し出した。

「『週刊トピックス』の特約記者っていうことは、宝文社の社員じゃないんだ？」

相手が問いかけてきた。

「ええ、契約記者なんですよ。採用された記事の原稿料を貰ってるわけです」

「昔のトップ屋さんみたいなんだな」

「ま、そうですね。スクープ記事を書けば、高い原稿料を貰えるんですが、いいネタを摑めることはあまり多くありません」

「大変な仕事だね。それで、何を取材してるの？」

「医師資格を失った元ドクターの追跡ルポの取材をしてるんですよ」

剣持は、でまかせを淀(よど)みなく喋った。その種の嘘をつくことには馴(な)れていた。

「そういえば、二年ほど前に『横尾マタニティークリニック』の院長が日吉の本院のほうで患者の美しい人妻に変なことをして、医師免許を剝奪されたな」

「そうですね」

「噂によると、院長は若い人妻を麻酔薬で眠らせて、大事なところにバイブレーターを突っ込んだみたいだな。それで、くねくねと動く電動性具をスマホのカメラで動画撮影してたらしいよ」

「これまでの取材で、院長だった横尾範之は廃業してから元分院を自宅にしてることがわかりました」

「元院長は三階で寝起きしてるみたいだよ。でも、外泊することが多いね。彼女がいて、ちょくちょく家を空けてるんだろうな」

「真偽はまだ確かめてませんが、元分院の地下室には若い女性が何人か閉じ込められてるって話を小耳に挟んだんですよ。そういう気配は感じられました？」

「元分院の前を通ったとき、女性の悲鳴や泣き声が聞こえたことがあるよ。すぐに静かになったけどね。元ドクターが若い女を引っ張り込んで、SMプレイでもやってるんだろうと思ってたが、そうじゃなかったのか。元院長の横尾って男は若い女たちを地下室に監禁してるかもしれないんだ？」

「いや、それはただの噂なのかもしれません」

「そう。廃業したクリニックはなんだか怪しいと思ってたんだよ。塀に忍び返しを立てて、おまけに有刺鉄線まで張ってある。防犯カメラも三台設置されてるんだ。深夜になると、時々、ワンボックスカーやRV車が出入りしてる」

相手が言った。

「そうした車には、どんな連中が乗っていました？」

「格闘家みたいな体格をした三十歳前後の男たちがよく乗ってた。大男ばかりで、筋骨隆々としてたよ。その連中は寝袋を建物の中に運び入れると、じきに車で走り去った」

「寝袋は肩に担いでたんですか？」

「そうなんだ。中にマネキン人形か何かが入ってるみたいだったよ。大きさは、小柄な男性ぐらいだったな」

「人の形をしてたんですか」

「ああ、そう見えたな。だけど、寝袋の中の物は動かなかったんで、人形かもしれないと思ったんだ。ただ、マネキン人形みたいに硬い感じじゃなかったね。中身は、真ん中あたりで折れ曲がってくの字に近かったよ」

「そうですか」

剣持は努めて平静に応じたが、内心、驚いていた。

屈強そうな男たちが担いでいた寝袋の中には、拉致された若い女性が入っていたのではないか。引っさらわれた者はクロロホルムか、エーテルを染み込ませた布で口許を覆われて気を失っていたのだろう。元ドクターの横尾なら、どちらの麻酔液も入手可能ではないか。

「元院長は何か法律に触れることをやってるの？」

「そのあたりのことはよくわかりませんが、横尾さんは特に仕事をしてないようなんですよ。それなのに、羽振りがいいみたいなんです」

「クリニックの車庫には、黒いベンツと灰色のレクサスが並んでたでしょ？　ベンツのほうは一千万円以上する。レクサスだって、六、七百万はすると思うよ。クリニックをやってるときにさんざん儲けたんだろうけど、二年あまり仕事をしてなければ、貯えは少なくなってると思うけどな」

「そうでしょうね」

「だけど、元院長はいまも高そうな服を着てる。腕時計や靴も、ひと目で高級品だとわかる代物（しろもの）だったな。元院長は、何か危ないことをして荒稼ぎしてるんじゃないの？」

「そうなのかもしれません」

「もしかしたら、地下室に閉じ込めた女性たちの臓器を抉（えぐ）り取って、密売してるんじゃないだろうか。心臓はもちろん、腎臓や肝臓の提供者が少ないって話だからさ」

「元産婦人科医が単独で臓器狩りをすることは難しいでしょ？」

「そうか。となると、女たちを調教して高級娼婦に仕立ててるのかな」

「それも、手間がかかりそうですね」

「確かに、そうだな。どっちにしても、元院長は何か悪さをしてそうだね。もう少し取材を重ねれば、何かスクープできるかもしれないよ」

　相手が軽く片手を挙げ、家の中に引っ込んだ。

剣持は隣の民家のインターフォンを鳴らした。電灯は煌々と灯っていたが、まったく応答はなかった。居留守を使っているのだろうか。

剣持はさらに五軒の家を訪ねてみたが、これといった手がかりは得られなかった。踵を返し、元分院に引き返す。

すると、元分院の真向かいの邸から徳丸が現われた。剣持は年上の部下に歩み寄った。

「徳丸さん、収穫はありました？」

「あったぜ。いま出てきた家で、防犯カメラの映像を観せてもらったんだ」

「週刊誌の特約記者に化けたんでしょ？　よくそこまで協力してくれましたね」

「週刊誌の特約記者を装ったのは、最初に訪ねた数軒だけだよ。あまり協力的じゃなかったんで、仕方なく警察手帳を呈示したんだ。もちろん、見せたのは表紙だけだよ。所属も明らかにしなかった」

「効果はありました？」

「覿面だったよ。どの家の者も、知ってることは話してくれた。元分院の地下室あたりから聞こえる女の悲鳴を複数の住民が耳にしてた。薬殺された大学院生の乾由紀は拉致されて、元分院のどこかに監禁されてたと判断してもいいだろうな」

「こっちも、同じ証言を得たんですよ。それから、夜更けにワンボックスカーやＲＶ車で乗りつけた体格(ガタイ)のいい男たちが寝袋を肩に担いで建物の中に入っていく姿を見たという目撃証言もね」

「寝袋の中には、ぐったりとした人間が入れられてるようだと言ってなかったか？」

「中身はマネキン人形のようだと証言者は言ってました。ただ、くの字に折れ曲がってたという話だったので、寝袋に入れられてたのは麻酔液で眠らされた若い女性ではないかと見当をつけたんですが……」

「寝袋の中に入れられてたのは、意識を失った女たちだったんだろう。でっけえ男たちが担いでた寝袋の中に入ってたのは、間違いなく人間だよ。おれも同じような映像を確認してる」

「防犯カメラに映ってた寝袋は、いくつだったんです？」

「都合四つだったな。撮影されたのは今年の二月二十六日の深夜だ。その前の映像にも、二つの寝袋が映ってたよ」

「中身が若い女性だとしたら、地下室にはいまも六人が監禁されてるんだろうな」

「乾由紀みてえに殺(や)られてなけりゃ、そういうことになるね。その六人は彼女と同じように排卵誘発剤を投与され、卵子を奪われたんだろう」

「徳丸(トク)さん、レシピエントらしい女性が元分院を訪ねた映像はありましたか？」

「それらしき映像はなかったな」

徳丸が即答した。

「それじゃ、受精作業は別の場所で行われてるんでしょう。それで、元産科医横尾範之は受精卵の入った容器を持って、レシピエント宅を訪れてるのかもしれません」

「そして、横尾範之は受精卵を子宮に着床させてるのか。あっ、横尾は青い小さな容器を持って、ベンツかレクサスに乗り込んでたよ」

「そういう姿が真向かいのお宅の防犯カメラに映ってたんですね？」

「そう。あの小さな容器は、医療用のクーラーボックスだったんだろう」

「こっちは、横尾が受精卵を持ってレシピエントの家々を回ってるんじゃないかと思ったんですが、どこかに闇の産院があるのかもしれません」

「それ、考えられるな。小児科医院ほど多くはないけど、廃業に追い込まれた産院もあるみてえだから。そういうクリニックを使わせてもらえれば、闇で卵子提供はできる」

「大柄な男たちが乗っていたワンボックスカーやRV車のナンバーはメモしてあります？」

「それがな、どの車のナンバープレートにも黒い袋がすっぽりと被せられてたんだ。だから、ナンバーは一字もわからなかったんだよ」

「寝袋を担いでた大男たちは、犯罪のプロっぽいな」

「やくざ者じゃないと思うが、素っ堅気じゃなさそうだったよ。奴らは格闘家崩れなんじゃねえのかな。図体はでけえんだけど、動きが敏捷だったんだ」

「なら、そうなんでしょう。プロの格闘家では喰えなくなったんで、横尾に雇われて若い女性の拉致をしてるんじゃないのかな。その連中は、監禁してる女たちが逃げ出さないよう見張ってるのかもしれない」

「それだけじゃなく、そいつらは横尾範之の護衛役も務めてるんだろう」

「そうなのかな」

「剣持ちゃん、警察手帳翳して元分院に乗り込んじまおうや。いろいろ回り道をさせられたんだから、横尾を一気に追い込もう」

「徳丸さん、ここは慎重になりましょうよ。拉致された六人の女性がいまも地下室かどこかに閉じ込められてたら、横尾はその彼女たちを弾除けにするでしょう」

「そうなったら、まずいか」

「ええ。正面から忍び込むことは無理でしょうが、両隣の家や真裏のお宅から元分院の敷地に入ることは可能かもしれません」

「まず地下室に監禁されてると思われる女たちを保護するのが先だな。よし、そっちが思いついた作戦でいこうか」

「そうしましょう」

剣持は口を結んだ。

数秒後、梨乃から剣持に電話がかかってきた。

「横尾と医大で一緒だったドクター三人に会ってみたんですけど、有力情報は得られませんでした。三人の同期生は横尾が医師免許を失ってから、疎遠になってたらしいんですよ」

「問題を起こした横尾とつき合ってても、何もメリットはないと判断したんだろう」

「すでに亡くなってる横尾の父親は東都医大の教授だったんで、証言者たちは同期生の息子と親しく接してたようですけど、医師でなくなった男と交友を深めてもデメリットしかないと考えたんでしょう」

「だろうな。世渡り上手な連中は例外なく、変わり身が早い。それだから、金や名声を得られるんじゃないか」

「そうなんでしょうね」

「雨宮、『横尾マタニティークリニック』の本院と分院で働いてた看護師には接触できたのか？」

剣持は訊いた。

「電話で話すことはできました。二人のナースの話をまとめますと、廃業後の横尾は医療コンサルタントと称してるようですが、何も営業活動はしてないみたいです。本院跡地を月極駐車場にしたんで、その賃料だけで生計は立つんだろうという話でした。ただ、かなり派手な暮らしをしてるんで、何かダーティー・ビジネスをしてるんじゃないかと二人のナースは怪しんでました」

「そうか」

「それから、本院で働いてたベテランのナースは現在の給料の三倍を保証するから、静岡の産院で住み込みで働く気はないかと打診されたそうですよ。横尾は医師免許を持ってる現職の産科医をダミーの院長にして、地方でクリニックを経営する気でいるんじゃないのかしら？　主任、そこが闇の卵子提供の場なのかもしれませんよ」

「横尾が非合法ビジネスに手を染めてることは、疑いの余地はないだろう」

「主任と徳丸さんは、状況証拠を押さえたんですね？」

　梨乃が訊いた。剣持は経過をつぶさに伝えた。

「元分院の地下室には、いまも拉致された女性たちが閉じ込められてるんでしょう。人数ははっきりわかりませんけど、一刻も早く彼女たちを救出してあげたいですね」

「横尾を追い込む前に、その女性たちを保護しよう。城戸と一緒に急いで青葉台の元分院に来てくれ。城戸・雨宮班が合流したら、元分院に忍び込む」

「了解！　そちらに急行します」

美人刑事が電話を切った。剣持はポリスモードを耳から離し、梨乃が報告してきた話を徳丸に語りはじめた。

2

月が雲に隠れた。

闇が一段と濃くなった。時刻は午前零時近かった。

剣持は背後の城戸に目配せしてから、先に元分院の真裏の邸宅内に忍び込んだ。敷地が広く、庭木も多い。

剣持は中腰で家屋の脇まで走った。

そこで、巨漢刑事を待つ。一分ほど経つと、城戸が忍び足で近づいてきた。

元分院の前方近くには徳丸と梨乃がいる。二人は横尾が外出したら、ただちに身柄を確保する手筈になっていた。

城戸・雨宮班が合流してから、元分院に侵入するチャンスをずっと待った。しかし、元分院の両隣の民家の電灯はいっこうに消えなかった。いま現在も照明は灯っている。元分院の真裏の民家の電灯は数十分前に消えた。大きな邸宅には、老夫婦しか住んでいないのではないか。ひっそりとしている。

剣持は城戸と一緒に裏庭に回り、コンクリート製の万年塀を乗り越えた。どちらも拳銃を所持していた。

剣持はグロック32をホルスターに入れてあった。オーストリア製のコンパクトピストルだが、弾倉は複列式（ダブルコラム）だ。マガジンには十五発の実包が詰まっている。薬室（チャンバー）に送り込んである初弾を含めれば、フル装弾数は十六発だ。

城戸はベレッタ92ストックを携行している。イタリア製のコンバット・シューティング用の大口径拳銃だ。フル装弾数は十六発である。

剣持たちは元分院の敷地に入ると、ほぼ同時にしゃがみ込んだ。

息を殺す。しばらく様子を窺ったが、建物からは誰も飛び出してこない。

剣持は立ち上がって、建物の外壁にへばりついた。家屋に沿って進むと、非常口があった。ロックされている。

剣持はピッキング道具を使って、手早くロックを解いた。

運よく警報ブザーは鳴らなかった。非常扉を細く開ける。やはり、ブザーは響かない。好都合だ。

二人は建物の中に入った。

暗かった。剣持は小型懐中電灯を点けた。通路の左手に診察室と処置室が並んでいる。右手には、待合室と受付カウンターがあった。

剣持は診察室のドアを開けた。

左側に医師用の机が置かれ、肘掛け椅子と円椅子が見える。右側には、診察台が据えてあった。埃っぽい。

処置室には医療器具と薬品が保管されていたが、久しく使われていない様子だ。

剣持たちは受付カウンターの先にある階段を下って、地下一階に移った。機械室というプレートが掲げられているが、その奥に病室のような造りの大部屋があった。

城戸がベレッタ92ストックを構えながら、白い引き戸を払った。

剣持は懐中電灯の光を室内に向けた。左手に分娩台が置かれ、右手に六台のベッドが見える。無人だった。

ベッドの支柱には、樹脂製の結束バンドが結びつけられていた。ベッドの下には、鉄球付きの足枷が転がっている。

「去年の十一月に薬殺された乾由紀は、ここで排卵誘発剤を投与されて卵子を奪われたにちがいないっすよ」

城戸が小声で言った。

「そうなのかもしれないな。閉じ込められてたと思われる女性たちは、別の場所に移されたんだろう」

「そうじゃないとしたら、乾由紀と同じように薬殺されたんじゃないですか」

「だとしたら、どこかで遺体が一体や二体は発見されてそうだが……」

「卵子を奪われた女性たちの遺体は大型ミートチョッパーの中に放り込まれてミンチにされ、トイレに流されたのかもしれないっすよ」

「そんな面倒なことはしないだろう。拉致された女性たちが殺されたんだとしたら、遺体は山奥の土中に埋められたんじゃないか」

「そうなんすかね」

「しかし、監禁してた女性たちがおとなしくしてれば、何も殺す必要はないわけだ。彼女たちから継続的に卵子を奪えるわけだから」

「そうなんですけど、限られた人数の女性の卵子ばかり提供してたら、受精卵を欲しがってるレシピエントたちが不満の声を洩らすでしょ？　父親は別々でも、同じ女性の子供が何十人も生まれることになるんっすから」

「そうだな」

「拉致された女性は一定の卵子を奪われると、お払い箱にされてるんじゃないっすかね。おそらく閉じ込められてた六人前後の女性は、乾由紀と同じように始末されてるんでしょう」

「そうは思いたくないな」

剣持は分娩台を回り込んで、薬品棚に近づいた。排卵誘発剤のアンプルが大量に収められ、下段には筋弛緩剤『ミオブロック』が無造作に置かれている。

「城戸、見ろ」

剣持は薬品棚を指さした。城戸が剣持の横に並び、驚きの声をあげた。

「元産科医の横尾がここで拉致した女性たちの卵子を奪ってたことは裏付(ウラ)けが取れましたね」

「ああ。これで、横尾が闇の卵子提供ビジネスで荒稼ぎしてる疑いがきわめて濃くなった」

「それから、本部事件の被害者(マルガイ)丸岡が横尾の弱みにつけ込んで口止め料を要求してたことも」

「そうだな。監禁されてた女性たちは、どこか違う場所にいるにちがいない。城戸、横尾を締め上げよう」

二人は通路に出て、一階ロビーに引き返した。エレベーターが一基あったが、函に乗り込むわけにはいかない。

剣持たちは足音を殺しながら、階段で二階に上がった。真っ暗だった。

二人は拳銃を握りながら、三階に上がった。

昇降口の近くの部屋から、淫猥な音声が洩れ聞こえた。横尾が退屈しのぎに裏ＤＶＤでも観ているのだろう。喘ぐ男女の声は英語だった。洋物のＤＶＤを鑑賞しているようだ。

剣持はグロック32の安全装置を外してから、ドアを開けた。

丸刈りの大男がソファに坐って、いかがわしい映像を観ていた。三十歳前後だろうか。大型テレビの画面には、金髪の白人女性と黒人男性が映っていた。二人はアクロバチックな体位で交わっている。

「てえめら、何者なんだっ」

丸刈りの男がソファから立ち上がった。Ｔシャツの下から覗く右腕には、稲妻のタトゥーが彫り込まれている。

「騒ぐと、撃つぞ」

剣持は威(おど)した。

「誰なんだよ、おめえら」

「横尾は奥の部屋にいるのか？」

「奥には誰もいねえよ。おれは留守番なんだ」

「ソファに坐れ」

「撃てるもんなら、撃ってみろ！　消音器なしでぶっ放したら、すぐパトカーが来るぜ」

「ずいぶん威勢がいいな。格闘家崩れらしいが、そっちとファイトしてる暇はないんだ」

「余裕ぶっこいてるつもりなんだろうが、おれはちっともビビってねえぞ。ほら、撃てや。早く撃ちやがれ！」

巨身の男が不敵に笑って、城戸を挑発した。

城戸が気色(けしき)ばみ、ベレッタ92ストックを握った右腕を水平に突き出した。引き金の遊びをすぐに絞り込む。

「早くシュートしろや」

「望みを叶(かな)えてやろう」

「撃てやしねえくせによ」

丸刈りの男が毒づき、城戸に組みつく動きを見せた。

剣持は前に跳(と)び、ソファを蹴った。丸刈りの男がよろけた。すかさず城戸が肩で相手を弾く。丸刈りの男は横倒しに転がった。

剣持は傾いたソファを回り込んで、丸刈りの男の脇腹に蹴りを入れた。

相手が唸って、体を丸める。剣持は、狙いをすまして大男のこめかみを蹴った。相手がさらに手脚を縮めた。

「奥に横尾がいるかどうか検(しら)べてくれ」

剣持は部下に命じた。

城戸が短い返事をして、部屋から飛び出していく。剣持は、グロック32の銃口を丸刈りの大男の側頭部に突きつけた。

「かつては総合格闘技の選手だったようだな」

「だから、なんだってんだっ」

「喰えなくなって、横尾に拾ってもらったのか。なんて名だ?」

「忘れちまったよ」

「それじゃ、思い出させてやろう」

「う、撃つのか!?」

相手が目を剥いた。

剣持は無言で銃把の角で大男の側頭部を強打した。頭蓋骨が鈍く鳴る。

相手が呻いた。頭皮が裂けたらしく、鮮血がにじんだ。たいした出血ではない。

「眉間をまともに撲たないと、名前を思い出せないかな」

「矢野だよ。矢野聖斗ってんだ」

「そいつはリングネームか?」

「本名だよ。シュートボクシングをやってたんだが、プロデビューして三年目に大腿部を骨折しちまったんだ。で、いろんな仕事をやったんだが、あまり金にはならなかったんだよ」

「で、元産科医に雇われて、若い女性を拉致するようになったわけか」

「なんの話をしてんだ!?」

「とぼける気なら、仕方ないな」

剣持は裏DVDの音量を高め、床から背当てクッションを掴み上げた。クッションを矢野の左肩に押し当て、銃身を沈める。

「撃つ気なのかよ!?」

「そうだ」

「威しだよな」

矢野の声は震えていた。

剣持は的をわずかに外し、引き金を絞った。手首に伝わる反動は小さかった。

くぐもった銃声が響いた。右横に弾き出された薬莢が、床面で二度跳ねた。矢野が怯え戦きはじめた。硝煙が拡散する。

「次は体に銃弾をめり込ませる」

「あ、あんたの言う通りだよ。おれたち四人の元ファイターは横尾さんに雇われ、指示通りに首都圏で若い女たちを引っさらって、ここに連れ込んだんだ」

「いままでに拉致した女は何人なんだ?」

「えーと、十七、八人かな」

「はっきりとした人数を言えっ」

「十七人だよ」

「その中に、大学院生だった乾由紀がいたな?」

「ああ」

「おまえら四人が拉致した女性たちは地下室に閉じ込められて、横尾に排卵誘発剤を投与されてたんだろう？　そして、卵子を奪われてたんだなっ」

「えーと、それは……」

「撃たれる覚悟ができたらしいな」

「違う！　撃たねえでくれーっ。その通りだよ」

「横尾は闇の卵子提供ビジネスで荒稼ぎしてるんだろう？」

「そうだよ」

「共犯者はいるのか、横尾には？」

「いや、単独で裏ビジネスをやってるようだな」

「卵子を奪られて御用済みになった女性たちは、乾由紀と同じように横尾に薬殺されたのか？」

「静脈に筋弛緩剤を注射されたのは乾由紀って娘だけだよ。由紀って女はベッドに括りつけられても反抗的だったし、ここから逃げようとしたんだ。地下室から脱走したんだよ、トイレに行きたいって嘘をついてな」

「石塀を乗り越えようとした乾由紀の腰のあたりを木刀か何かで殴打したのは、おまえなのか？」

剣持は訊いた。

「おれじゃねえ。荒井って奴だよ。騒ぎを聞きつけた横尾さんが、荒井に由紀って娘をベッドに固定させてから……」

「横尾が筋弛緩剤を乾由紀に静脈注射したんだな」

「そう。由紀って娘は眠るような感じで死んだよ。横尾さんは由紀の死体を荒井と津島って奴にどこか山奥に棄ててこいと言ったんだけど、二人は面倒臭がって目黒区内の裏通りに車から落としたんだ。そのことで横尾さんは二人を怒鳴りつけて、荒井と津島をクビにした。あいつら二人がどこにいるのか、おれは知らない」

「この元分院で卵子を取られた女性たちは、静岡のどこかにある闇医院に連れていかれて、いまも定期的に卵子を奪われてるんじゃないのかっ」

「静岡のどっかに闇医院があるのかよ!? おれ、そんなことは聞いてないぜ」

矢野が言った。

「監禁されてた女性たちは、どうしたんだ?」

「卵子を抜かれた後、由紀以外の十六人はそれぞれ自宅に戻ってるよ」

「いい加減なことを言うなっ。その彼女たちは誰も警察に駆け込んでないぞ」

「横尾さんは、十六人が警察に訴えられないようにしたんだ」

「おまえら拉致の実行犯グループに十六人の女性を犯させて、そのレイプシーンをビデオカメラかデジタルカメラで撮影したんだなっ」

「女たちを姦ってもいいと言われりゃ、おれたちはそうしてたよ。けど、横尾さんはそんなこと言わなかった。ベッドに縛りつけた女たちのあそこにバイブを突っ込んで、ひとりずつデジカメで撮ったんだ」

「それで、被害者の十六人は泣き寝入りしたわけか」

「恥ずかしい姿を撮影されちゃったら、警察には駆け込めないやな。横尾さんは同じことを患者にして医師免許を失ったらしいのにさ、まったく懲りないね。バイブを使えば、たいがいの女はエクスタシーに達する」

「余計なことまで言わなくてもいいんだっ」

剣持は憤りを感じ、矢野の鎖骨を銃把の底部で打ち据えた。矢野が乱杙歯を剥いて、獣じみた唸り声を発した。

そのとき、城戸が戻ってきた。

「奥に広い居室が四つありましたが、横尾はどこにもいませんでした」

「そうか」

「監禁されてた女性たちは、どこに移されたんすかね？」

「乾由紀以外の十六人は全員、帰宅してるらしい」

剣持は、矢野から聞いた話を城戸に伝えた。

「それはおかしいっすよ。『横尾マタニティークリニック』で働いてたベテランの看護師は、元院長に静岡県内にある医院で好条件で仕事をしないかと誘われたと証言してます。横尾は、そこでレシピエントの子宮に受精卵を着床させてるんじゃないっすか」

「そうなんだろうか」

「おい、空とぼけてんじゃないのかっ」

城戸が屈み込んで、イタリア製の拳銃の銃口を矢野の頬に密着させた。

「おれは、静岡に秘密のクリニックがあるなんて話は聞いたことねえ。嘘じゃねえよ、本当だって」

「横尾は受精卵を医療用クーラーボックスに入れて、車でどこかに運んでたんじゃないのか」

剣持は矢野に言った。

「ああ、そうしてたよ。横尾さんは、お客さんのとこに応診に行くと言って出かけてたんだ」

「レシピエントの自宅に行って、受精卵を子宮に着床させてたのか」

「多分、そうなんだろうな。とにかく、おれは静岡のどこかに闇の医院があるなんて話は聞いたことない」

「レシピエントは何人いるんだ？」

「正確にはわからないけど、登録者は三百人以上いるみたいだぜ。横尾さんはネットの裏サイトを使って、不妊治療してる奥さんたちを見つけてるんだよ。受精に成功したら、四百万円が入るみたいだな。それで、うまく受精卵が子宮に着床して妊娠したら、二百万円を追加要求してるんだ。卵子は只で手に入れてるんだから、丸儲けだよな」

「後で、USBメモリーがあるかどうかをチェックしてみてくれ。それから、デジカメのSDカードもすべて回収してくれ。卵子を奪われた十六人の女性の恥辱的な映像が保存されてるだろうからな。城戸、徳丸さんと雨宮を呼んできてくれないか」

「了解！」

城戸が、ふたたび部屋から出ていった。

剣持は裏DVDの映像を停止させ、グロック32の銃口を矢野の喉元に当てた。

「横尾はどこにいる？」

「きょうは正午過ぎに外出したよ。車じゃなかったから、プライベートの用事があったんだろうな」

「行き先に見当はついてるんじゃないのかっ」

「多分、今夜は新横浜にあるホテルに二人の愛人を呼びつけて、３Ｐをやるんだろう」

矢野がホテルの名を口にした。有名ホテルだった。理事官からの情報で、愛人たちの予備知識はあった。

「二人の愛人というのは、藤代めぐみと手塚彩華だな？　ともに二十代後半で、めぐみは元キャビンアテンダントだ。彩華は元レースクイーンだったな」

「名前や前歴まで知らねえけど、横尾さんは二人の愛人と月に一、二回、３Ｐをやってるみたいだぜ。ノーマルなセックスじゃ、あんまり興奮しなくなっちゃったんじゃないの？」

「そうなんだろうな。横尾は闇の卵子提供ビジネスの件で、誰かに脅迫されてたんじゃないのか？」

「詳しいことは知らねえけど、なんとかいうＩＴ関連企業を倒産させた元社長に口止め料を要求されてたようだぜ」

「その倒産した会社の名は『デジタルネーション』じゃなかったか？」

「ああ、そうだよ。元社長は丸岡なんとかいう名だったな」

「横尾は口止め料を払ったのか？」

「そこまではわからねえよ、おれは」

「そっちは、その脅迫者を始末してくれって頼まれなかったか？」

「そんなことは頼まれてない」

「仲間の誰かが殺人（コロシ）を依頼されたことは？」

「いま女たちを拉致してるのは、おれと柿崎（かきざき）って奴の二人だけなんだ。柿崎も元格闘家なんだが、あいつも横尾さんに誰かを消してくれなんて言われてねえだろう。柿崎は親友（マブダチ）だから、おれには何でも話してくれるんだ。けど、人殺しを頼まれたなんて話はしてなかったよ」

「そうか」

会話が途切れた。

そのとき、城戸が徳丸と梨乃と一緒に部屋に入ってきた。剣持は徳丸たち二人に経過を話した。

「横尾の居室を徹底的に調べたら、矢野の身柄（ガラ）を服部管理官に引き渡しましょう。柿崎という奴の居所は、じきにわかると思うっす」

城戸が矢野を引き起こし、手錠を掛けた。梨乃が矢野に声をかける。

「柿崎って男は、どこにいるの？」

「あいつは、もうじき帰ってくるよ。夕方から飲みに行ったんだ。おれたちは、この部屋で寝起きしてるんだよ」

「そういうことなら、手間が省ける(はぶ)わ」

「雨宮は城戸と一緒にここにいてくれ。おれと徳丸(トク)さんは、新横浜のホテルに向かう。後は頼んだぞ」

剣持は梨乃に言い、徳丸を目顔で促した。

二人はエレベーターで一階に下り、元分院を走り出た。雲の切れ目から、月が顔を出していた。

3

フロントマンが笑顔を向けてきた。

どうやら客と間違われたらしい。新横浜駅のそばにあるシティホテルだ。

「警視庁の者です」

剣持は警察手帳の表紙だけを短く見せた。

「当ホテルのお客さまが何か事件に巻き込まれたのでしょうか」

「巻き込まれたのではなく、ある殺人事件の容疑者が投宿してるんですよ」

「えっ」

四十代半ばのフロントマンが絶句した。

剣持は上着の内ポケットから横尾範之の顔写真を抓み出し、フロントマンに手渡した。

元医師リストに添えてあった写真だ。

「この方は、いつも横内健吾さまというお名前でチェックインされていますが……」

「それは偽名ですよ。横尾範之というのが本名で、去年の十一月に大学院生の女性を薬殺した疑いがきわめて濃いんです」

「あのう、裁判所から逮捕状は出ているのでしょうか？」

「令状は間もなく下りることになっています。しかし、その前に横尾の身柄を押さえないと大変なことになりそうなんですよ。横尾は交際してる二人の女性を部屋に呼び、彼女たちを道連れに無理心中を図るかもしれないんです」

「なんですって!?」

「横尾は拳銃を持ってるんだ」

徳丸が平然と嘘をついた。

「ピ、ピストルを持ってるんですか!?」

「そう。横尾は警察に捕まる前に愛人たちを道連れにして、このホテルで死ぬ気なんだろうな」

「そ、そんなことをされたら……」

「大迷惑だよな。横尾は何号室にいるんだ？」

「十八階のスウィートルームにいらっしゃいます。一八〇一号室です」

「二人の愛人は、直接、一八〇一号室に行ったんだろうな」

「どなたもフロントにはお寄りになっていません。お部屋にはカードキーで出入りすることになっていますので。横内さま、いえ、横尾という方もチェックインされたときにフロントに来られたきりです」

「スペアのカードキーはあるのかな？」

「それはございませんが、全室のドア・ロックを解除できるマスターキーは……」

「あるんですね」

　剣持は、徳丸よりも先に口を開いた。

「はい、あることはあります。ですが、お客さまのプライバシーの問題もありますので、お貸しするわけにはいきません」

「横尾が二人の愛人を射殺して自分の頭を撃ち抜いたら、このホテルの利用客はぐっと少なくなりますよ。それじゃ、困るでしょ？」

「ええ、もちろんです」

「横尾は死にきれずに別室の泊まり客を人質に取って逃亡を図るかもしれないな。そうなったら、さらに犠牲者は増えるでしょう。マスターキーを悪用したりしませんよ。総支配人の許可を貰って、マスターキーで一八〇一号室を解錠してくれませんか」

「あいにく総支配人は札幌に出張中なんですよ」

「それなら、あなたの独断で一八〇一号室のドアを開けていただきたいな」

「しかし……」

「もたもたしてたら、手遅れになりかねない。ご協力いただけないんでしたら、特殊捜査班を呼んで強行突入することになりますよ。そうなったら、宿泊客にも何かと迷惑をかけてしまうでしょう？」

「それは困ります」

「人命がかかってるんですよ。協力してもらえませんか」

「わ、わかりました」

フロントマンが体を捻って、キーボックスに利き腕を伸ばした。摑み上げたのはマスターキーだろう。

フロントマンに導かれ、剣持たち二人は奥のエレベーターホールまで歩いた。

三人は高層用エレベーターに乗り込み、十八階に上がった。エレベーターホールと通路に人影はなく、静まり返っている。フロントマンが、マスターキーを用いて一八〇一号室のドア・ロックを外した。ほとんど音はたてなかった。

「あなたはフロントに戻ってくれませんか。横尾は拳銃を持ってるんです。この部屋の近くにいたら、危険ですので」

剣持はフロントマンの耳許で言った。フロントマンは少しためらってから、エレベーターホールに足を向けた。

剣持はフロントマンが函の中に消えてから、一八〇一号室のドア・ノブをそっと回した。

控えの間は明るかった。長椅子の上には、婦人用のコートが二着無造作に脱ぎ捨ててあった。コーヒーテーブルの上には、バッグが置かれている。

ソファの上にも、スーパーブランドのバッグが載っていた。元産科医が二人の愛人を投宿先に呼び寄せたことは間違いないだろう。

剣持たちは足音を忍ばせて、一八〇一号室に入った。

控えの間の右手に寝室があった。ドアは半開きだった。

剣持は寝室を覗き込んだ。ほぼ中央に巨大なベッドが据えられている。寝具は乱れ、フラットシーツもところどころ捲れていた。ナイトテーブルの上には、さまざまな性具が並んでいる。

横尾たち三人の姿は見当たらない。爛れた性戯に耽り、揃って浴室に移ったのだろう。

剣持と徳丸は、寝室内にあるシャワールームに近づいた。

女たちの嬌声と男の含み声が洩れてくる。横尾は、愛人たちの性感帯を同時に刺激しているらしい。

「びっくりさせてやるか」

徳丸が左目を眇め、浴室の照明を落とした。シャワールームにいる三人が一斉に驚きの声をあげた。

「停電じゃなさそうだが……」

横尾がそう言いながら、浴室のドアを開けた。

剣持は横尾の片腕を摑んで、シャワールームから引きずり出した。徳丸がシャワールームの電灯を点ける。

並んで立っている二人の女は、濡れた紙のドレスをまとっていた。素肌にへばりついたペーパードレスはあちこち破れ、妙にエロチックだった。

「どっちが元キャビンアテンダントの藤代めぐみさんなんだ？」

徳丸が女たちに問いかけた。と、右側にいるショートヘアの女が口を開いた。

「わたしが藤代だけど……」

「もうひとりが元レースクイーンの手塚彩華さんか。もう3Pも終わったみてえだな」

「きみらは何者なんだ？」

横尾が剣持の手を振り払った。ペニスは陰毛に半ば埋まっている。

剣持は黙って警察手帳を呈示した。見せたのは表紙だけで、顔写真付きの身分証明書は示さなかった。

「警察がわたしに何の用事なんだっ」

「横尾、まずトランクスかブリーフを穿くんだ」

「わたしを呼びすてにするな。これじゃ、まるで犯罪者扱いじゃないかっ」

「あんたは犯罪者だろうが！　とにかく、言われた通りにしろ」

剣持は元ドクターを脱衣所に押し倒した。横尾が悪態をつきながらも、足許から格子柄のトランクスを拾い上げる。

「パパは何をしたんです？」

藤代めぐみが徳丸に訊いた。

「人殺しだよ」

「嘘でしょ⁉」

「先生は女好きだけど、悪人じゃないわ」

手塚彩華が口を挟んだ。

「愛人たちには優しいんだろうな。二人とも、ゆっくりシャワーを浴びてくれや」

「パパは誰を殺したんです？」

「去年の十一月、乾由紀という大学院生を薬殺したんだ」

「本当ですか⁉」

「ああ」

「どうして殺しちゃったんでしょう？」

「二人とも、しばらく浴室にいてくれ」

徳丸がシャワールームのドアを閉め、背を凭せかけた。

剣持は、トランクスを穿いた横尾を脱衣所から部屋に移動させてキングサイズのベッドに腰かけさせた。

「おたくの相棒が妙なことを言ってたが、わたしは誰も殺してないぞ」

「横尾、シラを切っても無駄だ。あんたに雇われた矢野聖斗が何もかも吐いたんだよ」

「矢野って誰なんだ？　そんな名の男は知らないな」

「まだ粘る気か。ま、いいさ。あんたは元格闘家の矢野、荒井、津島、柿崎の四人に十七人の若い女性を拉致させ、青葉台にある元分院の地下室に監禁してた。その目的は、彼女たちから強引に卵子を奪うことだった」

「何を言ってるんだ⁉」

「もう諦めろ。おれは、元分院の地下室をこの目で見てきたんだ。分娩台の横には、六台の寝台が並んでた。あんたは矢野たちが引っさらってきた十七人の女性を寝台に括りつけ、排卵誘発剤を投与して数十個ずつ卵子を奪い取ったはずだ」

「まるで身に覚えがないな。わたしは二年数カ月前まで産科医だったんだぞ。そのわたしがそんなことするわけないじゃないかっ」

横尾が言い返した。

「確かにあんたは二年数カ月前まで、現職の医師だった。しかし、美しい人妻に麻酔液を嗅がせて意識を失ってる隙に性器にセックスグッズを突っ込み、そのシーンを動画撮影した。そのことで、あんたは医師の資格を失った。警察はそこまで調べ上げてるんだよ」

「そのことは事実じゃない。わたしを嫌ってた事務局長の中傷なんだよ。事務局長はわたしを陥れたくて、作り話を医師会に告げ口したんだ。医師会は事務局長の話を鵜呑みにして、わたしを除名処分にしたんだよ」

「苦しい言い訳だな。厚生労働省はあんたの犯罪を確認したから、医師の資格を剝奪したんだろう。そっちの言った通りなら、免許を取り消されることはない。違うか？」

「………」

「反論できないだろうがっ？」

「わたしは医師会に失望したんだよ。身内というか、仲間のドクターを信じようとしなかったんだから」

「横尾、警察を甘く見ないほうがいいぞ」

剣持はグロック32を取り出した。

「そ、それは本物の拳銃なのか？」

「ああ、真正拳銃だ。その気になれば、暴発したことにして、あんたを撃ち殺すこともできる。輪胴式拳銃と違って、自動拳銃や半自動拳銃は暴発しやすいんだよ」

「わたしを威してるつもりなんだろうが、屈するもんかっ」

「威しなんかじゃない」

「本当に撃つ気なのか!?」

横尾が上体を反らした。

剣持はグロック32の安全弁を外し、わざと足許に落下させた。暴発はしなかった。それでも、横尾は明らかに怯えはじめた。

「次は暴発しそうだな」

剣持はにやりとして、オーストリア製の拳銃を掴み上げた。

「もうピストルを床に落とさないでくれ。魔が差したんだよ。女優みたいに綺麗な人妻を診てるうちに妖しい気持ちになって、ついおかしなことをしてしまったんだ」

「そのため、あんたは医師として築き上げてきたものを一遍に失った。医師免許を失い、家族に去られ、本院と分院も閉めざるを得なくなった」

「愚かしいことをしてしまったよ」

「悔やんでも、もう遅いな。本院の跡地を月極駐車場にしたんで、その賃料で喰ってはいける。しかし、医院経営時代よりもずっと収入は減ってしまったんだろう。それだけじゃない。周囲の目は尊敬から軽蔑に変わった。それで、あんたは開き直って悪人志願をしたんだろうな」

「………」

「名誉を得られないんなら、銭を追いかけようと思ったんじゃないか。それで、あんたは闇の卵子提供ビジネスを思いついた。日本には妊娠できない体の女性が七十万人もいるのに、卵子提供にはさまざまな制約がある。アメリカ、韓国、タイで卵子の提供を受ける日本人女性が年々増加してるが、費用が高いし、アメリカ以外は受精率が低い。非合法でも国内で卵子提供をすれば、ひと儲けできると踏んだんだろう。そうなんだな？」

「うん、まあ」

「いまの法律では、レシピエントたちは日本人女性の卵子を買うことができない。そこで、あんたは格闘家崩れの四人にあちこちから若い女性十七人を引っさらわせ、青葉台の元分院の地下室に閉じ込めた。被害者たちに排卵誘発剤を投与して、それぞれから卵子を勝手に抜き取り、レシピエントの夫の精子を混ぜて受精卵を作った。その受精卵を三百人以上のレシピエントの子宮に着床させてたんだろう。着床させたのは、レシピエントの自宅か指定されたホテルだったんじゃないのか？」

「そうだよ」

横尾が溜息混じりに答えた。

「妊娠したレシピエントは何人ぐらいいるんだ？」

「およそ百五十人だな」

「ひとりから六百万円の謝礼を貰ってたとしたら、粗利は九億円か。手を汚した矢野たち四人に一千万円ずつ払っても、そっちの取り分は八億六千万円になる。卵子は無料で手に入れてるんだから、おいしい闇ビジネスだよな。しかし、その程度の儲けじゃ満足できなかったんだろう」

「まあね」

「あんた、静岡県のどこかで本格的に闇の卵子提供をやってるんじゃないのか？」

剣持は単刀直入に訊いた。

「そんなことしてない」

「元本院で働いてたナースのひとりが好条件で、その闇クリニックで働かないかと誘われたと証言してるんだ」

「誰がそんなでたらめを言ったのか知らないが、わたしはそういう誘いをした覚えなんかないっ。静岡にそんな闇クリニックなんかあるわけないじゃないか！　わたしは、もうドクターじゃない。非合法な医療行為なんかしたら、手が後ろに回るよ」

「あんたはドクターの資格を失ったときから、開き直って生きてきたようだ。それだから、元分院から脱走しようとした乾由紀を薬殺したんじゃないのか？　あんたが乾由紀の静脈に筋弛緩剤を注射したと矢野が証言してるんだよ。こっちも、この目で地下室にあった『ミオブロック』のアンプルを見てる」

「……………」

「何も乾由紀を薬殺することはなかっただろうが！　あんたは監禁してた女性たちが警察に駆け込めないようベッドに縛りつけて秘部に性具を突っ込んで、その姿をデジカメで撮ってたそうだな」

「由紀は、乾由紀だけは恥ずかしい姿を撮影されても泣き寝入りなんかしないと怒って、その晩、トイレに行く振りをして逃亡を図ったんだ。塀をよじ登ってるとこを荒井という男が見つけて、木刀で叩き落としたんだよ。地下室に連れ戻された由紀はわたしを罵(ののし)って、何度も唾を飛ばした」

「で、あんたは逆上したのか？」

「腹を立てたことは確かだが、乾由紀が脱走に成功したら……」

「あんたは身の破滅だと思ったんだな？」

「そうだ。それだから、仕方なく彼女を『ミオブロック』で薬殺したんだよ。荒井と津島に遺体を奥多摩の山林に穴を深く掘って埋めてこいと命じたんだが、あの二人は面倒臭がって丸一日経(た)ってから目黒の裏通りに遺棄したんだ。荒井たちが指示通りに動いてくれてたら、まず遺体は見つからなかったのに」

横尾が恨みがましく言った。供述は、矢野の証言と一致していた。

「ところで、あんたは裏ビジネスのことで丸岡剛一という男に強請(ゆす)られたな？」

「そ、そんなことまで知ってるのか!?」

「どうなんだっ」

「丸岡という男とは会ったこともなかったんだが、なぜか卵子提供ビジネスのことを知ってた。それだけじゃなく、矢野たち四人に若い女たちを拉致させてた事実もね。誰かが裏仕事のことを脅迫者に教えたんだろう。お払い箱にした荒井一馬(かずま)か、津島泰志(たいじ)のどちらかが丸岡って男と知り合いだったのかもしれないな」

「丸岡は口止め料をいくら要求してきたんだ？」

「差し当たって五千万円を出せと公衆電話で脅迫してきた」

「で、そっちは払ったのか？」

徳丸が口を挟んだ。

「一回でも金を払ったら、際限なくたかられると思ったんで、きっぱりと断ったよ」

「丸岡は、そのまま引き下がったのか？」

「いや、その後、何十回も脅迫電話をかけてきたよ。しかし、わたしは取り合わなかった。そのうち、丸岡は誰かに刺し殺されたんだ」

「そっちが誰かに丸岡剛一の口を塞がせたんじゃねえのかっ」

「わたしは、口止め料なんか一円も払わなかった」

「そうであっても、闇の卵子提供のことを丸岡に知られてるんだ。そっちにも、犯行動機はあるな」

「それは言いがかりだ。乾由紀を薬殺したことは認めるが、丸岡って男の事件には一切タッチしてない。わたし自身は手を汚してないし、誰かに丸岡を殺らせてもいないよ。それだけは信じてくれーっ」

「身繕いをしろ。衣服をまとったら、あんたを殺人容疑で逮捕する」

剣持は横尾に告げた。横尾がのろのろと身仕度に取りかかった。

そのすぐ後、城戸から剣持に電話がかかってきた。

「矢野聖斗と柿崎悠二の身柄を確保して、服部管理官たちに引き渡しました」

「ご苦労さん！　横尾が乾由紀を薬殺したことを認めたよ。丸岡に非合法ビジネスの件で強請られてた事実も自供したが、本部事件には関与してないと主張してる」

「そうなんっすか」

「横尾の身柄も管理官に引き渡したいんで、服部管理官と一緒におまえたちペアも新横浜のホテルに来てくれないか。地下駐車場で待ってるよ」

剣持は電話を切って、衣服をまとった横尾範之に前手錠を打った。それを見届けた徳丸がシャワールームに声をかけた。

「彼女たち、横尾を連行することになったから……」

「パパは殺人を認めたんですか？」

藤代めぐみの声だ。

「ああ」

「わたしたち二人はどうなるの？」

「どっちも新しいパトロンを探すんだな」

徳丸がシャワールームを離れた。剣持は横尾を引っ立て、一八〇一号室を出た。

三人はエレベーターで地下駐車場に降りた。横尾は観念したらしく、一定の歩度で進んでいる。ほどなくプリウスを駐めた場所に達しそうになった。

そのとき、車の間から黒いフェイスマスクを被った男たちが現われた。二人だ。剣持たち三人は、挟まれる形になった。

「てめえら、何者だっ」

徳丸が大声を張り上げた。

二人の男が手にしている物を相前後して、三人の足許に投げつけた。発煙筒だった。

白煙がもくもくと立ち昇り、ほどなく視界は閉ざされた。

剣持は横尾の片腕を摑んだ。

次の瞬間、前方から迫った男が前蹴りを放った。目が利かない。剣持は蹴りを躱せなかった。まともに股間を蹴られ、気が遠くなった。

剣持は呻いて、うずくまった。

そのとき、徳丸が倒れかかってきた。後ろから腰を蹴られたようだ。

横尾が二人組に短く何か言って、猛然と走りだした。その両側には、フェイスマスクを被った男たちがいた。横尾に伴走する恰好だった。

剣持はグロック32をホルスターから抜き、立ち上がった。

しかし、まともには走れなかった。まだ急所が痛い。それでも剣持は、走路を懸命に走った。少し遅れて徳丸が追ってきた。

横尾たち三人は、早くもスロープを登りはじめていた。剣持は全速力で疾駆した。

間もなくスロープを登りきった。

ちょうどそのとき、三人が飛び込んだ茶色いRV車が急発進した。スライドドアは開いたままだった。

剣持は歩道に出て、なおもRV車を追いかけた。

ナンバープレートには、黒いビニール袋が被せられていた。

スライドドアが閉められた。ＲＶ車がスピードを上げた。みるみる距離が開いていく。

「くそったれ！」

剣持は追うことを諦めた。息が乱れていた。

徳丸が後方から小走りにやってくる。

「逃げられてしまいました。おれが迂闊だったんです」

「そっちのせいじゃねえさ」

「でも……」

剣持は靴底で舗面を蹴った。

4

空気が重い。

誰もが押し黙っていた。アジトだ。

剣持はひっきりなしに煙草を喫っていた。チームの四人は応接ソファに腰かけていたが、意気が揚がらない。

横尾が新横浜のホテルから逃亡して、十五時間が経過している。服部管理官は経緯を知るなり、すぐに緊急配備の手配をした。

だが、逃亡車輛はどの検問にも引っかからなかった。横尾の逃亡を手助けした二人組は、ホテルの近くで別の車に乗り換えたと思われる。

元分院の住居スペースを城戸と梨乃がくまなく検べた。しかし、ハードディスクやUSBメモリーの類は何も見つからなかった。デジタルカメラのSDカードも回収できなかった。三百人以上のレシピエントがいるようだが、卵子の提供を受けた女性たちの氏名と連絡先はわからない。

捜査本部に連行された矢野と柿崎の二人は今朝早くから取り調べを受けた。だが、どちらも雇い主の裏仕事のことは詳しく知らなかった。

拉致した十七人は無作為に選んだとの供述だった。引っさらった女性たちの個人情報は、ほとんど知らなかった。

卵子を無断で奪った横尾は当然、十七人の氏名、年齢、職業を聞き出したはずだ。しかし、矢野も柿崎もそのデータを見たことはないと供述しているらしい。横尾が個人情報をどこかに保管してあるのだろう。

「フェイスマスクを被ってた二人組は、矢野たちの仲間じゃねえようだったな」

徳丸が剣持に言った。

「そんな感じでしたね。静岡のどこかにある闇クリニックに関わってる奴らなのかもしれないな」

「あの二人は、おれたちが一八〇一号室に入って横尾を押さえたことをどうやって知ったのか。まさかフロントマンが横尾と通じてたんじゃねえだろうな」

「それはないでしょう。通じてたとしたら、マスターキーでドア・ロックを解除しなかったはずですよ」

「そうだよな。多分、横尾と関わりのある奴がおれたちチームの動きを密かに探ってたんだろう。そいつに見当はつくかい？」

「つきません」

剣持は首を横に振った。

「警察内部に極秘捜査班の存在を見抜いた奴がいるんじゃないのか。そいつはチームのことを快く思ってなくて、横尾を逃がしてやったんじゃねえのかな。おれたちが失敗を踏んだら、チームは解散に追い込まれるかもしれねえだろ？」

「警察上層部や服部管理官がチームのことを不用意に他人に洩らすとは考えにくいですね」

「ああ、それはな。けど、管理官の下で動いてる捜査員の中にはチームが特別扱いされてることを面白くないと思ってる奴がいるんじゃねえのか。剣持ちゃん、それとなく管理官に探りを入れてみろや」

「服部管理官の部下にそんな人間はいないと思うっすよ」

城戸が話に割り込んだ。徳丸が巨漢刑事を顧みる。

「なんで、そう思える？」

「別働隊の人選は、二階堂理事官がやったんすよね。理事官は信頼できる者だけを服部管理官の部下にしたと思います」

「けどな、人間の気持ちは変わりやすいもんだぜ。おれたちのメンバーが殉職したら、遺族に五千万円の弔慰金が支払われる」

「そうっすね」

「一般の警察官が殉職すると、職階は二つ上がる。けど、弔慰金はずっと少ない。それに、おれたちは各種の銃器を自由に使える。それから、違法捜査も問題にされねえよな。ある種の妬ましさを感じる奴がいても不思議じゃねえだろうが？」

「だけど、自分らはそれこそ命懸けで極秘捜査に励んでるんですよ。それぐらいの特典があっても、それほど羨ましいとは思わないんじゃないっすか」

「雨宮はどう思う？」

「チームのことをいいなと思ってる管理官の直属の部下が仮にいたとしても、いわば仲間ですよね？」

「いや、仲間というよりもチームのサポート要員だな。脇役みてえな存在だから、中にはおれたちを妬んでる奴がいるのかもしれないぜ」

「そういう気配や態度が感じられたら、理事官は別働隊から外すでしょ？　二階堂さんは穏やかな方だけど、仕事面ではシビアですからね」

「管理官の直属の部下に裏切り者がいないとしたら、別の部署の一般刑事の中に横尾と何らかの繋(つな)がりのある奴がいるのかもしれねえ」

「そうなんでしょうか」

梨乃が口を閉じた。

その直後、剣持の刑事用携帯電話(ポリスモード)が着信音を発した。ポリスモードを摑み出す。発信者は二階堂だった。

「横尾が見つかったんですか？」

剣持は早口で問いかけた。

「いや、まだ横尾の居所は判明してないんだ」

「そうですか。こっちが油断してなければ、横尾に逃げられることはなかったんですが……」

「剣持君、気に病むことはないよ。それよりもね、本庁の組対部から気になる情報が入ったんだ」

「聞かせてください」

「被害者の丸岡剛一は〝地下銀行〟を裏ビジネスにしてたわけだが、そのことを嗅ぎつけた暴力団係刑事がいたらしいんだよ」

「その刑事は所轄署の人間なんですか？」

「新宿署組織犯罪対策課の増永武警部補、四十四歳だ。増永は悪徳刑事で、本庁警務部人事一課監察にだいぶ前からマークされてたらしい」

「歌舞伎町の暴力団や風俗店に手入れの情報を流して、〝お車代〟を貰ってたんですか？」

「小遣いをせびってただけじゃないそうだ。組関係者が関わってるクラブで只酒を飲んで、お気に入りのホステスを提供させてたらしいよ。ホテル代も、やくざに払わせてたようだ」

「腐ってますね」

「増永は、個人的に押収した拳銃や麻薬を横浜の弱小組織に高く売りつけてたという話だったよ」

「懲戒免職に追い込めるでしょ、そんなことをしてるんだったら」

「そうなんだが、被害者たちが金をせびられたり、拳銃なんかを売りつけられたことを頑として認めようとしないらしいんだ。それで、立件が難しいという話だったよ」

「増永のバックに警察の偉いさんがいるんでしょうか」

「ハイエナみたいな悪徳警官を庇（かば）う者が上層部にいるとは考えにくいな。増永は、裏社会の者たちの致命的な弱みを摑んでるんじゃないのか」

　理事官が言った。

「多分、そうなんでしょうね」

「増永は、丸岡が海外に不正送金をして儲けてる事実を押さえたみたいなんだ。それで、丸岡を強請（ゆす）ってたらしいんだよ」

「丸岡は、増永って刑事にいくらか渡したんでしょうか？」

「本部事件の被害者丸岡は、逆に増永の悪事を知ってると開き直ったようなんだ」

「結局、丸岡は増永に金は払わなかったんですね？」

「それどころか、反対に増永に口止め料を要求してたみたいなんだ」

「そうなんですか」

「増永が丸岡の言いなりになったとは考えにくい。悪徳刑事は、広域暴力団の大幹部たちと親交がある。堅気だった丸岡がどう凄んでも、ビビったりしないだろう」

「でしょうね。丸岡がしつこく脅迫してきたら、知り合いのやくざに殺らせる気になるかもしれないな」

「わたしも、そう思ったんだよ。剣持君、増永が第三者に丸岡を始末させたとは考えられないだろうか」

「まともな警官なら、そんなことは絶対にしないでしょうね。しかし、増永という暴力団係は組員以上の悪党なんでしょうから、考えられなくはないと思います」

「丸岡に闇の卵子提供ビジネスのことを知られた横尾も怪しいが、新宿署の増永刑事も疑えるんじゃないか」

「ええ、そうですね。逃亡中の横尾の潜伏先を突き止めるまで少し時間がかかりそうですので、並行する形で増永にちょっと張りついてみます」

「そうしてくれないか。これから増永の顔写真をきみにメール送信するよ」

二階堂が電話を切り、すぐに剣持のポリスモードに写真メールを送ってきた。増永は卑しい顔つきをしている。

剣持は、三人の部下に理事官との遣り取りを伝えた。最初に口を開いたのは梨乃だった。

「丸岡は、新宿署の増永を臆することなく脅迫してたんじゃないのかしら？　主任、違いますかね」

「そうなんだろうな。増永は屑のような刑事だが、一応まだ現職だ。丸岡に悪事の数々を暴かれたら、犯罪者として服役することになる。内心、穏やかじゃなかっただろう」

「懲戒免職になったら、増永はもう甘い汁を吸えなくなるっすからね」

城戸が話に割り込み、剣持に顔を向けてきた。

「そうだな」

「増永のことを洗ってみるべきっすよ」

「そうしよう。おまえとおれは、増永に張りつく」

「はい」

「徳さん、雨宮と一緒に横尾の元妻や知人に会ってもらえます？」

「あいよ。それじゃ、先に出らあ」

徳丸が梨乃の肩を軽く叩き、ソファから勢いよく立ち上がった。すぐさま梨乃が腰を上げる。そのまま二人は『桜田企画』から出ていった。

「一服したら、おれたちも出かけよう」

剣持は脚を組んで、煙草に火を点けた。城戸がマグカップを摑み上げ、飲みかけのコーヒーを啜った。

煙草の火を消したとき、私物のスマートフォンが懐で振動した。

剣持はスマートフォンのディスプレイを見た。電話をかけてきたのは、丸岡謙輔だった。本部事件の被害者の異母弟だ。

「やあ、きみか」

「剣持さんのお耳に入れておきたいことがあったので、電話を差し上げたんです。実は昨夜(ゆうべ)、兄貴の遺品を整理していたら、未使用の靴の中にICレコーダーが入ってたんですよ」

「何か音声が録音されてたんだね」

「はい。異母兄(あに)の剛一と新宿署の増永という刑事との会話が録音されてました」

「そのICレコーダーは自宅にあるの？」

「いいえ、ビジネスバッグの中に入ってます。事件を解く手がかりになるかもしれないと思ったので、持ち歩いてるんですよ」

「いまは、オフィスにいるのかな」

「会議室から、あなたに電話してるんです。ＩＣレコーダーは手許にあります。会議室には誰もいません」

「それなら、録音音声を聴かせてもらえないか」

「わかりました。いま準備しますので、少々、お待ちください」

「仕事中に悪いね」

剣持はスマートフォンを握り直した。待つほどもなく男同士の会話が流れてきた。

――送金代行の件は確かに違法は違法だ。でも、小さな悪事だよな。依頼人はこっちに一定の手数料を払ってるわけだが、迷惑なんかしてない。それどころか、こちらに感謝してくれてるんだ。ある意味じゃ、善行とも言えるんじゃないかな。

――善行とは聞いて呆れるぜ。丸岡、おまえは法律を破ってるんだぞ。自分の罪を正当化しようってのか。ふざけた野郎だ。

――法は万全じゃないし、誰にも公平とは言えない。日本に不法滞在してる彼らも汗水垂らして稼いだんだ。その金を故国に送金したくても、本人はできない事情がある。だから、同情から送金代行をやったんだよ。

――善人ぶるな！　おまえはオーバーステイしてる外国人の弱みにつけ込んで、裏ビジネスで荒稼ぎしてるだけじゃないかっ。

――そう思いたきゃ、そう思えばいいさ。あんたは新宿署の刑事でありながら、ギャング顔負けの悪行を重ねてる。やくざどもや風俗店オーナーと癒着して捜査情報を流して、遊興費を稼いでるよね。単独で押収したハンドガンや覚醒剤も、横浜の新興組織に強引に売りつけてるんでしょ？　わかってるんだ。

――おれはそんなことしてない。これでも一応、現職の刑事だぞ。おれたちは法の番人なんだ。

――増永さん、笑わせないでほしいな。あんたに正義漢ぶる資格はないっ。ハゲタカじゃないか。あんたは職務をほっぽり出して、強請たかりに励んでる。最低のお巡りだね。

――丸岡、口を慎め！　いい気になってると、おまえを逮捕るぞ。

――あんたは、おれに手錠なんか掛けられない。おたくは、ただの恐喝刑事じゃないからな。

――何が言いたいんだっ。

――あんたは、もっとでっかい悪事の片棒を担いでる。こちらは、その証拠も握ってるんだよ。

――おれがどんな悪さをしてるって言うんだ！

――とぼける気か。とにかく、こっちは金を出す気なんかない。逆に三千万円を用意してもらおうか。悪事に加担して、もう一億ぐらいの分け前は貰ってるんじゃないの？

――おまえは誰かが飛ばしたデマを信じてるようだが、おれは危いことなんかやってない。おれに口止め料を払う意思がなく、反対にこっちを強請りつづける気なら牙を剝くことになる。

――どうする気なんだ？

――おまえに忠告しといてやろう。丸岡、命のスペアはないんだぞ。そのことを忘れるな。

――おれを殺すってことか。その前に……。

――きさま、おれを殺す気なのか!?

――金と命、どっちが大事かよく考えるんだな。

――若造、なめたことを言ってると、若死にすることになるぞ。

――おれを始末しても、あんたの悪事を暴く手立ては講じてある。短気になったら、損するよ。

――この野郎、ぶっ殺すぞ。

――きょうは決裂だが、そのうちあんたはこっちに泣きを入れてくるだろう。悪事の大きさが違うからね。おれは小悪党だが、あんたは大悪党だもんな。堕落した増永刑事、また会おう。

音声が熄んだ。

「剣持さん、増永という刑事が異母兄の事件に絡んでるんではないでしょうか。捜査の門外漢がこんなことを言うべきではないんでしょうが、そんな気がしてきたんです」

丸岡謙輔が言った。

「いまの録音音声の内容を捜査担当官に伝えておこう」

「お願いします。早く兄貴を安らかに眠らせてあげたいんです」

「わかってるよ」

剣持は通話を切り上げ、城戸に経過を語りはじめた。

第五章　恐るべき密謀

1

腰が強張(こわば)ってきた。

剣持は坐り直した。スカイラインの助手席だ。

張り込んでから、長い時間が過ぎた。あと数分で、午後六時になる。

スカイラインは青梅街道の路肩に寄せられていた。

少し先の左側には、新宿署の高層建築がそびえている。都内で最大の所轄署だ。警視庁管轄(かんかつ)の所轄署は百二あるが、署舎は最も大きい。オフィスビル並だ。

署員数はおよそ六百三十人だった。ほかに自動車警邏(けいら)隊員が三百六十人ほど常駐している。

増永警部補が署内にいることは偽電話で確認済みだった。運転席の城戸が知人になりすまして、悪徳刑事が在席していることを確かめたのだ。

組織犯罪対策課の刑事の多くはデスクワークを好まない。送致手続きの書類を整えると、そそくさと現場に出るものだ。しかし、増永は署内に留まっている。まともに暴力団関係者の犯罪を摘発する気はとうに失せてしまったのだろう。

「丸岡剛一の異母弟が、被害者の遺品の中にICレコーダーを見つけたことが突破口になるといいっすね」

城戸が前方に目を向けながら、ぼそっと喋った。

「丸岡剛一は不正送金のことを増永に知られて口止め料を要求されても、毅然と撥ねつけた。それどころか、逆に悪徳刑事を脅迫してた」

「ええ、そうですね。『デジタルネーション』の社長だった男は想像以上に強かだったんで、驚いたっすよ。ブラックジャーナリストか情報屋を使って、増永のことを調べてたんでしょうか？」

「ああ、おそらくな。増永がまともな刑事ではないってことをクラブホステスか、元やくざに教えられて恐喝材料を得られると思ったのかもしれない。で、誰かに増永武を尾行させたんだろう」

「増永は、裏社会の連中と黒い関係にあること以外にどんな弱みを握られたんですかね。録音音声の中では、丸岡はでっかい悪事と言ってたっすけど」

「致命的な弱みというと、まず頭に浮かぶのは殺人だな」

「増永は、闇社会と癒着してることを告発しかけた同僚刑事を事故か自殺に見せかけて葬っちゃったのか」

「そういった事案があったとは記憶してないな。おまえはどうだ？」

「ないです。始末したのは同僚じゃなくて、硬骨な犯罪ジャーナリストだったのかな。そういう事案も、直近ではなかった気がするっすけど」

「そうだな」

「主任、増永は水商売関係の女を密かに片づけたとは考えられないっすか。組の大幹部の名を出して、クラブかバーでいつも只酒を飲んでたことをママかチーママに詰られたんで、相手を……」

「丸岡は、増永がでっかい悪事に加担してるという言い方をしてた。だから、そうじゃないだろう」

「おっと、そうでしたね。新宿署の悪徳刑事はどこかの組とつるんで、覚醒剤の密売でもやってるんじゃないですか。麻薬ビジネスはリスクがありますけど、儲けがでかいっすから」

「そうだが、裏社会と切り離して推理したほうがいいんじゃないか。暴力団係（マルボウ）だからって、やくざと組んで危（ヤバ）い裏仕事に励んでるとは限らない。そういう先入観は持たないほうがいいな」

剣持は助言した。

それから数分後、剣持の私物のスマートフォンが上着の内ポケットで振動した。スマートフォンを掴み出し、発信者を確かめる。

電話をかけてきたのは交際中の未咲だった。自然に頬が緩む。

剣持はスカイラインを降りてから、スマートフォンを耳に当てた。

「担当してた民事で、ようやく勝訴できたの」

「それは、よかったな」

「今夜、どこかで食事しない？」

「残念だな。きょうは先約が入ってるんだ」

「そうなの。その約束をキャンセルしてもらうのは、無理でしょうね？」

未咲が控え目ながらも、そう言った。剣持に会いたい気持ちなのだろう。悪い気はしなかったが、極秘捜査を優先させなければならない。辛いところだった。

「学生時代の友人が次の人事で露骨に降格されそうなんだ。そいつ、プライドを踏みにじられたんで、辞表を書くと奥さんに言ったんだよ。有名企業を辞めるつもりなら、離婚すると奥さんに猛反対されたんだってさ」

「そうなの」

「それで、おれに相談に乗ってくれないかと言ってきたんだよ」

剣持は後ろめたさを感じながら、とっさに思いついた嘘をついた。

「そういうことなら、そのお友達に会うべきね。そうしてあげて。わたしとは別の日に会いましょう」

「真夜中でもよければ、冷えたシャンパンを買って恵比寿のマンションに行くよ」

「ううん、そんな無理はしないで。わたしたちはいつでも会えるんだから、またにしましょう。都合のいいときに電話をして」

「ごめんな」

「気にしなくてもいいの。それじゃ、またね」

未咲が屈託なく言って、先に電話を切った。

剣持は愛しさが極まって、胸の中で未咲の名を呼んだ。できることなら、張り込みを中断して未咲と会食したかった。しかし、職務を怠るわけにはいかない。

剣持は、極秘捜査班のメンバーであることを打ち明けたい衝動にも駆られた。だが、そう告げることはできない。特殊任務をこなしていることを隠しつづけていたら、未咲にいつか不信感を持たれるだろう。

その結果、二人の仲はぎくしゃくしはじめるかもしれない。といって、極秘捜査班のことを他言するわけにはいかなかった。

男女の仲はなるようにしかならない。未咲が生活圏から消えたら、それは淋しくなる。しかし、自分は刑事でありつづけたいと願っていた。仮に未咲が去ったとしても、それはそれで仕方がない。

「因果な仕事を選んだもんだ」

剣持は声に出して呟き、スカイラインの助手席に乗り込んだ。

「主任、私用の電話だったみたいですね。お母さんが体調を崩されたんすか？」

「いや、実家からの電話じゃなかったんだ」

「それなら、弁護士の別所未咲さんからの電話だったんでしょ？　だから、車の外に出たんすよね」

「いい勘してるな。デートの誘いだったんだが、うまく断ったよ」

「辛いですね。自分も亜希の誘いに応じられないときは、切ない気持ちになるっすよ。

会いたくても、任務を優先させなきゃならないからな」

　城戸が言った。

「指令が切れ目なく下されてデートもままならなくなったら、競艇選手の彼女は新しい彼氏を見つける気になるかもしれないな」

「主任、いつから性格悪くなったんすか。意地の悪いことを言わないでくださいよ」

「彼女に会いたくないんだと曲解されたら、そうなるかもしれないぞ。実際の話な」

「そうっすね」

「そうなったら、おまえは仕事と恋人とどっちを選ぶ？」

「難しい選択ですね。悩んだ末に仕事を取ると思うっすけど、断言はできないな。亜希のことは簡単に諦めきれない気がしますんでね」

「そうなってみないと、わからないか？」

「ええ、そうですね。主任はどうなんすか？　多分、美人で色気のある弁護士さんを選ぶんでしょうね。自分なら、迷わずにそうします。それだけ別所さんは魅力的みたいっすから」

「彼女とはできるだけ長くつき合いたいと思ってるが、城戸と同じだよ。その場になってみないと、なんとも言えないな」

「本音を言うと、いまの仕事と彼女の両方を失いたくないっすね」

「こっちも、それが理想的だと思ってるんだが……」

二人は顔を見合わせ、微苦笑した。

そのとき、新宿署の通用口から四十代半ばの男が姿を見せた。増永だった。

灰色のスラックスを穿(は)き、上はチャコールグレイのジャケットだ。黒いセカンドバッグを小脇に抱え、両手をスラックスのポケットに突っ込んでいる。

「歌舞伎町に繰り出して、今夜もヤーさんの息のかかった店で只酒を飲んで、提供された女とホテルにしけ込むんすかね?」

「細心の注意を払って、対象者(マルタイ)を尾行してくれ」

剣持は城戸に指示して、悪徳刑事を目で追いはじめた。

増永は横断歩道を渡り、新宿大ガード方面に向かった。職務で署を出たのではないことは明らかだ。刑事は原則として、独歩行は認められていない。二人一組で聞き込みに当たる。

城戸がスカイラインを発進させ、すぐに左折した。裏通りを短く走って、新宿署の真横の通りに出る。

新宿警察署前信号を右折し、青梅街道を進んだ。

増永は大ガード下を潜（くぐ）って、靖国通りに沿って歩いている。城戸が車をガードレールに寄せ、ハザードランプを点滅させた。

低速運転では、後続の車にクラクションを鳴らされかねない。そのときに歩行中の増永が振り返ったら、スカイラインが目に留（と）まるだろう。

そうなったら、尾行や張り込みがしにくくなる。城戸の判断は賢明だった。

剣持はフロントガラス越しに、増永の動きを注視した。

増永は区役所通りの少し手前の脇道に足を踏み入れた。さくら通りだ。

城戸がスカイラインをふたたび走らせ、さくら通りに入れた。増永は花道（はなみち）通りに向かって歩いている。

付近一帯には、広域暴力団の二次や三次の下部組織の組事務所が点在している。その数は百八十以上だ。二次団体クラスは自前のビルを構えているが、それ以下の組織はだいたい雑居ビルの中に組事務所を設けている。

暴力団新法の施行以降、事務所に代紋（だいもん）や提灯（ちょうちん）を掲げている組は皆無に等しかった。商事会社や芸能プロダクションの社名しか出ていないことが多い。

それでも、真っ当な会社ではないことはわかる。防犯カメラの数がやたら多く、出入りする男たちの風体（ふうてい）は堅気とは違う。雑居ビルの前には、これ見よがしにベンツ、クライスラー、ベントレー、ロールスロイスなどが横づけされている。

増永は、深夜営業のスーパーの数軒先のココア色の六階建てのビルに入っていった。馴(な)れた足取りだった。

「ココア色のビルは、関東桜仁会(おうじんかい)の中核組織の追分組(おいわけ)の物っすよ」

城戸が路肩に車を寄せて、小声で言った。

「追分組に手入れの情報を流して、増永は小遣いを貰う気なんだろう」

「そうにちがいないっすよ。それから夕飯を喰って、お気に入りの女がいる高級クラブに行くんでしょう」

「そして、追分組に言い含められてる尻の軽いホステスを連れ出して、ホテルで戯(たわむ)れるんだろうか」

「そうだとしたら、きょうは空振りに終わりそうだな」

「城戸、まだわからないぞ。ここで、増永が出てくるのを待とう」

剣持は言った。城戸が車のライトを消し、エンジンも手早く切る。車内が静かになって間もなく、徳丸から剣持に電話がかかってきた。

「最初に横尾の元妻の千穂(ちほ)に会ったんだが、元旦那の潜伏先を知ってる様子はなかったな」

「そうですか。被害者の友人や知り合いにも当たってくれたんですよね？」

「併(あわ)せて四人に会ってみたんだが、手がかりはなかったよ」

「わかりました」

「剣持ちゃん、横尾の二人の愛人にも会ったほうがいいんじゃねえのか。ひょっとしたら、横尾は愛人との密会用にどこかのマンションの一室を借りてるかもしれないからな。相棒の雨宮は、捜査本部(チョウバ)の連中がすでに横尾の愛人たちには聞き込みをしてるはずだと言ってるんだが……」

「こっちも、そう思います」

「なら、どっちにも会う必要はねえか。そっちと城戸は、増永武を尾行中なのかな？」

「そうなんですよ」

　剣持は途中経過を話した。

「そういうことなら、今夜は徒労に終わるかもしれねえな。雨宮とおれは『桜田企画』にいったん戻って、待機することにするよ」

「ええ、そうしてください。何か動きがあったら、合流してもらうことになるかもしれません」

「あいよ。それはそうと、丸岡の彼女だった重森香奈は、ノーマークのままでいいのかね。剣持ちゃんの指示に背く気はねえけど、やっぱり香奈のことが引っかかるんだ。香奈は誰かに丸岡を殺らせたんじゃねえのか、巨額の隠し金に目が眩んでな」

「徳丸さんの勘が当たってるとしたら、実行犯はどんな奴が考えられます？」

「腹違いの弟の謙輔は兄を命の恩人と思ってたんだから、まず香奈の共犯者とは考えられねえな。どこのどいつが香奈に協力したかわからないが、彼女は丸岡剛一が落ち目になって裏ビジネスであこぎに稼いでたことを薄々は知ってたんだと思うんだよ」

「そういう気配は伝わってきませんでしたがね」

「女は平気で芝居するぜ。香奈は自分に疑いがかからないよう上手に受け答えをしたんじゃねえのか。雨宮は勘を頼りにするのは危険だと言ってるんだが……」

「徳丸さんの勘がどうとかでなく、いまは丸岡謙輔が提供してくれた録音音声を手がかりにすべきでしょうね」

「ああ、そうだな。新宿署の増永と丸岡剛一が互いの弱みを握り合って揉めてたわけだから、悪徳刑事が被害者の死に関わってる疑いのほうが濃いだろう」

「ええ。それから、逃亡中の横尾が本部事件に絡んでる疑いもあります」

「その二人をとことん調べ上げることが先か。妙なことを言って、そっちを混乱させちまったな。勘弁してくれや」

「増永武と横尾範之が完全にシロとわかったら、もう一度、重森香奈を洗い直してみましょうよ。そうすれば、徳丸さんもすっきりするでしょ？」

「剣持ちゃん、そこまで気を遣う必要はねえよ。そっちがチームの主任なんだから、おれが年上だからって、おかしな気は遣わねえでほしいな」

「主任云々よりも、いまは殺人動機の濃い順に洗うべきだと思うんです」

「そうだよな。おれ、ちょっとガソリンが足りなくなったのかもしれねえ。剣持ちゃんから合流の指示がなかったら、『はまなす』でガソリン入れることにすらあ」

「今夜は大きな動きはないかもしれませんから、いったんアジトに戻ったら、すぐ姐御肌の女将の店に行ってもかまいません」

「そうはいかねえよ。元スリ係だが、こっちもチームの一員なんだ。ちゃんと任務は果たすって」

「なら、西新橋で待機しててください」

剣持も通話を切り上げた。

2

待たされたのは数十分だった。

追分組の持ちビルから出てきた増永は、花道通りを右に折れた。相棒の城戸が慌ただしくスカイラインを走らせはじめる。

剣持は、やや前屈みになった。

スカイラインが右折し、花道通りに入った。剣持は目を凝らした。増永警部補は風林会館の斜め前あたりに立っていた。区役所通りと花道通りがクロスする交差点のあたりだ。以前は、よく暴力団関係者がたむろしていた。

「増永はタクシーを拾うつもりらしいな」

剣持は言った。

「追分組は高田馬場に違法カジノを開いてます。増永は少しカジノで遊んでから、歌舞伎町に戻って高級クラブに行くんじゃないんすか？」

「そうなのかな」

「主任、増永には若い愛人がいるとも考えられますよ。増永は暴力団や風俗店経営者から小遣いを貰って、さらに何か悪事の片棒を担いでるようなんです。若い女を囲うだけの金はあるんじゃないっすか？」

「増永は暴力団と関わりの深いクラブやバーで只酒を喰(く)らって、提供されたベッドパートナーを抱いてるケチな野郎だ。身銭を切って愛人の面倒を見る気になるかな？」

「そうか、ならないでしょうね」

城戸が口を閉じた。

ちょうどそのとき、増永の前にタクシーが停まった。車体はグリーンとオレンジのツートーンだった。尾行しやすい色だ。見失うことはないだろう。

増永を乗せた車が走りだした。剣持たちはスカイラインで、タクシーを追尾しはじめた。タクシーは二十分ほど走り、千代田区紀尾井町(きおいちょう)にある洒落(しゃれ)たビルの前で停止した。大手出版社の社屋が近くにあった。

増永はタクシーを降りると、暗がりに身を潜(ひそ)めた。城戸がビルの数十メートル手前でスカイラインをガードレールに寄せた。

「そっちは車の中で待機しててくれ」

剣持は城戸に言って、ごく自然に助手席から出た。通行人の振りをして、ビルのプレートを見る。

大手商社系のシンクタンクだった。『日東総研』という名称だ。親会社に当たる『日東物産』は、総合商社のナンバーツーである。あらゆる業種の商取引をしている大企業だ。附属のシンクタンクには、優秀な研究員、アナリスト、技術者が集められている。暴力団係刑事と大手商社系シンクタンクとは接点がなさそうだ。どんな繋がりがあるのだろうか。

剣持は、いったん脇道に入った。すぐに物陰から、シンクタンクのある通りに視線を向ける。

増永は、『日東総研』のアプローチの近くに移動していた。シンクタンクのスタッフの誰かが新宿署管内で法に触れることをしてしまったのか。過去にメガバンクの実直な男性行員が暴力団組員から拳銃を買って逮捕された事例があった。

裏社会では、いまや中国製トカレフのノーリンコ54はだぶつき気味だ。金に困った若いやくざが民間人にハンドガンを十万円前後で売るケースが増えている。シンクタンクの男性スタッフにガンマニアがいるのだろうか。あるいは、麻薬に溺れた者がいるのか。

その内偵だとしたら、刑事が単独で張り込むのはおかしい。通常では考えられないことだ。増永は個人的に誰かの行動を確認しているのだろう。警察用語で行動確認と称されている捜査活動も、二人一組で行われる。

増永が単独で何者かの動きを探っているのは、私的な理由からだろう。いったい悪徳警官の増永は誰をマークしているのか。

七、八分経つと『日東総研』の通用口から二十七、八歳の女性が姿を見せた。息を呑むほどの美貌で、見るからに聡明そうな印象を与える。プロポーションも申し分ない。理智的な美女はシンクタンクの研究員か、アナリストなのかもしれない。ファッションセンスも光っていた。キャメルカラーのトートバッグを提げ、急ぎ足でこちらに歩いてくる。

急に増永が暗がりから歩道の中央に躍り出た。

知的な面差しの美人が立ち竦む。次の瞬間、増永が女性に体当たりした。

不意を衝かれた恰好の相手がバランスを崩し、大きくよろめいた。手からトートバッグが落ちる。スマートフォンや手帳が歩道に零れた。

増永が、右手に握り込んでいた小さな包みを歩道に落とした。中身は白い粉だった。覚醒剤のパケだろうか。

「急にぶつかってきて、失礼じゃありませんかっ」

知性派美人が眉根を寄せ、増永を詰った。

「わざと体当たりでもしなきゃ、あんたを覚醒剤所持の現行犯で捕まえることは難しいからな」

「覚醒剤所持ですって⁉」

「もう観念するんだな」

「人違いしてるのね」

「いや、そうじゃない。あんた、桐村涼子（きりむらりょうこ）、二十七歳だよな。『日東総研』で経済アナリストをやってる。間違いないな」

「そうですけど、わたし、ドラッグに手を出したことなんかありませんよ」

「よく言うぜ。少し前にあんたのトートバッグから覚醒剤（エス）のパケが落ちたじゃないか、スマートフォンや手帳と一緒にな」

「わたし、トートバッグに薬物なんか入れてません」

「しゃがんで、落とした物をよく見ろって」

増永が促した。

桐村涼子が屈（かが）み込み、まずトートバッグを掴み上げる。スマートフォンと手帳を抓（つま）み上げた後、彼女は驚きの声を発した。

「早くパケも拾えよ」

「粉の入った小さな袋は、わたしの物じゃありません」

「世話を焼かせるなって」

増永が言いながら、両手に白い布手袋を嵌めた。美女は固まっている。

「パケを拾うんだっ」

「いやです、わたしが落とした物じゃありませんので」

涼子が立ち上がって、半歩退がった。

増永が右手でパケを抓み上げ、腰の後ろで三本の指を動かした。布手袋でパケに付着していた自分の指紋を拭ったにちがいない。

「あなた、本当に警察の方なんですか?」

涼子が訝しんだ。

「新宿署組織犯罪対策課の増永だ」

「本物の刑事さんなら、警察手帳を見せてください」

「いいだろう」

増永が懐から警察手帳を取り出し、顔写真付きの身分証明書を翳した。近くに街灯があった。文字は、はっきりと見えただろう。

「あなたが刑事さんであることはわかりましたけど、わたしのトートバッグの中に薬物なんて本当に入ってなかったんです」

「往生際が悪いな」

「わたしを信じてください」

「信じてくれって言われても、それは無理ってもんだ。パケは、あんたのトートバッグの中から落ちたんだからな」

「わたしの物じゃありませんよ、そのパケは。もしかしたら……」

「何だ？　言ってみろよ」

「あなたがわざとパケを歩道に落としたんじゃありませんか、わたしにわざとぶつかった直後に」

知的な美女がためらいながらも、はっきりと言った。

剣持はすぐにも二人の間に割って入って、目撃したことを告げたかった。しかし、まだ増永が裏でどんな悪事を働いているか透けてこない。美しい経済アナリストには気の毒だが、いまは物陰から出るに出られない。

増永が上着の内ポケットから刑事用携帯電話（ポリスモード）を取り出し、涼子の片腕をむんずと摑んだ。

「いま、パトカーを呼ぶ。パケの中の白い粉を試薬の中に入れて青色になったら、覚醒剤所持で現行犯逮捕するからな」

「ま、待ってください」

「抵抗したら、公務執行妨害罪も加わるぞ」

「そ、そんな⁉」

涼子が焦（あせ）った顔つきになった。ふたたび剣持は、二人に駆け寄りたくなった。その衝動をぐっと抑える。

増永がどこかに短い電話をかけ、涼子の右腕を捩（ねじ）上げた。その直後、剣持のポリスモードが鳴った。発信者は城戸だった。

「増永は何をやってるんすか？」

「『日東総研』の経済アナリストを罠に嵌めて、増永は彼女を署に連行する気でいるようだ」

剣持はそう前置きして、目撃したことを手短に伝えた。

「その桐村涼子という経済アナリストが覚醒剤常習者に仕立てられたら、かわいそうっすね。主任、経済アナリストを庇（かば）ってやってから、増永を一気に締め上げちゃいましょうよ。そのほうがいいと思います」

「いま、増永にこっちの正体を知られるのはまずいな。それに、増永がどんな悪事に加担してるか素直に吐くとは思えない」

「そうだろうな」

「増永は海千山千なんだろうから、最後まで空とぼけるにちがいないよ」

「でしょうね」

「桐村涼子を早く窮地から救ってやりたいが、いま増永に正体を知られたくないんだ。丸岡剛一を殺害したのは増永じゃなく、バックにいる人間とも考えられるからな。もう少し様子を見ることにしよう」

「了解です」

城戸が先に電話を切った。剣持はポリスモードを懐に仕舞い、脇道から表通りに戻った。

「わたし、逃げません。だから、手を放してくださいっ」

涼子が硬い声で増永に言った。

「試薬検査が終わるまでは手錠を打てないんだよ。その前に逃げられたら、おれの失点になるからな」

「逃げないと言ってるでしょ！　どうしても手を放さないんだったら、知り合いの弁護士に電話をかけさせてください」

「それも駄目だ。取り調べが終わったら、弁護士に連絡を取らせてやるよ」

「これは不当逮捕だわ」

「身柄を押さえたが、まだ手錠は打ってない。だから、不当逮捕という言い方はできないな。すぐに結果は出るから、もう少し待ってくれ」

増永が言って、黙り込んだ。

美人経済アナリストが絶望的な表情になった。

五分ほど過ぎたころ、白いエルグランドが増永たち二人の横に停まった。車内には、二人の私服の男が乗っていた。増永の同僚と思われる。どちらも三十代の半ばだろう。

増永が先に桐村涼子をエルグランドの後部座席に押し込み、そのかたわらに自分も坐った。リア・ドアが閉められた。

車内で試薬検査が開始されたようだ。

剣持はエルグランドのナンバーを頭に刻みつけた。数字の頭には、〝す〟という平仮名が冠されている。

警察車輛のナンバーの数字の頭には、たいがい〝さ行〟か〝な行〟の平仮名が冠されている。新宿署の車だろう。

やがて、エルグランドが走りはじめた。警察車輛は新宿署に向かうのだろう。

剣持は足早にスカイラインに向かって歩きだした。エルグランドが速度を上げた。剣持は急いでスカイラインの助手席に入った。

城戸が車をスタートさせる。

エルグランドは紀尾井町を抜けると、新宿とは逆方向の赤坂見附に向かった。なぜ、増永は桐村涼子を新宿署に連行しないのか。

「主任、おかしいっすよ。エルグランドは西新宿とは反対方向に進んでます。あっ、右のウィンカーを点けた。青山通りに入る気だな。道なりに直進すれば、渋谷です」

「その先は玉川通りだ。増永は桐村涼子を新宿署に連行する気なんかなかったんだろう」

「でしょうね。増永は『日東総研』の優秀な研究員やアナリストを強引な方法で引き抜いて、ライバル関係にあるシンクタンクに移るよう仕向けてるんじゃないんすか。優秀なスタッフをどこかに監禁して、何回か覚醒剤を注射してるのかもしれません。そんなシーンを動画撮影し、ドラッグと無縁ではないという〝事実〟を作って、ライバルのシンクタンクに移らざるを得なくしてるんじゃないっすかね」

「まだ何とも言えないな」

剣持はエルグランドが青山通りに入って間もなく、二階堂理事官に電話をした。経過をかいつまんで報告し、エルグランドの所属警察署を調べてくれるよう頼む。

理事官からコールバックがあったのは、およそ五分後だった。

「剣持君、そのエルグランドは新宿署所属の車のナンバーだったよ。しかし、偽の捜査車輛なんだろう」

「どういうことなんです？」

剣持は問い返した。

「正規の当該捜査車輛は、百人町の強盗事案の現場に駆けつけて初動捜査中らしいんだよ」

「増永は偽の覆面パトカーを使って、美しい経済アナリストを犯罪者に仕立て上げ、どこかに連れ去ろうとしてるんでしょうか」

「そうなのかもしれないぞ」

「城戸は、『日東総研』の優れた研究員やアナリストを犯罪の被疑者にして、どこかに閉じ込め、麻薬常習者に仕立てようとしてるのではないかと推測してます。そして、『日東総研』のライバルのシンクタンクに移ることを強いるのではないかと……」

「優秀な研究員やアナリストたちが麻薬の虜になってしまったら、使いものにならないじゃないか」

「ええ、確かに。城戸の推測は違うようですね。偽の警察車輛に強引に乗せられた桐村涼子は男たちが振り向くような美貌で、頭も切れそうな感じでした。知性派美人の代表選手みたいな女性なんです」

「若くて知的な美人か」

「理事官、何か思い当たるんですね」

「およそ一年半前から全国で独身の知性派美人が四十三人も相次いで失踪したまま、いまも全員の消息がわかっていない」

「ええ、そうですね。一部のマスコミが〝現代の神隠しか〟なんて騒いで、ミステリアスな連続失踪事件のことをシリーズで報じてきました。各都道府県警は失踪者の交友関係を調べ抜いて、そうした人たちの周辺を洗ったんでしょう？」

「そうなんだ。警視庁管内だけで、十人の高学歴の美女たちが外出先で急に姿をくらましてしまった。消えた知性派美人たちはさまざまな職業に就いてたわけだが、いずれもIQは高かった。容姿にも恵まれ、揃って健康でもあった」

「ええ、そうでした。どこかに人身売買組織があるのではないかと臆測されましたが、そうではなさそうですね」

「偽の警察車輛に乗せられた桐村涼子という女性がたまたま知性派美人だったのかもしれないが、未解決の連続失踪事件とリンクしてる可能性もありそうだな」

「結びついてるとしたら、『日東総研』の美人経済アナリストも消息不明になる恐れがありますЍ」

「そうだね」

「新宿署の悪徳刑事は、いったいどんな悪事の片棒を担いでるのか。連続失踪事件の目撃情報は少なかったんですよね？」

「そうだったな。仙台、東京、横浜、名古屋の五、六箇所で、スポーツキャップを目深に被った二人組か三人組が失踪した知性派美人を強引にワンボックスカーやＲＶ車に乗せたとこは目撃されてるが、ほかに有力な手がかりは得られなかったはずだよ。ただ、何人かの失踪者は姿をくらます直前に制服警官に職務質問をされたようだ」

「ええ、そうでしたね。これまで偽の警察車輌が犯行に使われたケースはなかった。ですから、一連の連続失踪事件と結びついてるとは断定できませんが、幾人かの失踪者が制服警官に職質された事実に引っかかります。一連の失踪事件に現職警官が加担してるんでしょうか」

「そんなことはないと思うよ。たまたま何人かが職質されたんだろう。高学歴の美女たちを拉致したグループは手口を意図的に変えたと考えられるな。同じ手で知性派美人を引っさらってると、そのうちに足がついてしまうからね」

理事官が言った。

「ええ。謎めいた失踪をした女性たちは、おそらく同じ所に閉じ込められて何かを強いられてるんでしょう」

「剣持君、偽の捜査車輛を見失わないでくれ。頼むぞ」

「はい。できるだけ細かく報告を上げるようにします」

剣持は通話を切り上げ、運転中の城戸に二階堂との遣り取りを伝えた。前を走るエルグランドは、いつしか玉川通りをたどりはじめていた。

「桐村涼子は別のシンクタンクに移ることを強いられるんじゃなく、四十三人の失踪女性たちと同じ運命をたどるんすかね？」

城戸が呟くように言った。

「まだ断定的なことは言えないが、いま進行中の犯罪は神隠しめいた連続失踪事件と繋がりがあるような気がしてきたな。拉致犯グループの何人かは、警官に化けたのかもしれない」

「偽装警官と見抜けなければ、被害者の女性たちは逃げないだろうな。監禁か軟禁されてる女性は、いったい何をやらされてるんですかね。頭のいい美女たちが性的な奉仕を強要されてるとか……」

「それはないだろう。しかし、具体的に何を強いられてるかは見当もつかないな」

会話が途切れた。

エルグランドは道なりに走り、瀬田交差点を右折した。瀬田と玉川台の住宅街を走り抜け、四キロほど先の岡本一丁目の宏大な邸宅の敷地に入っていった。

城戸が、その邸の門の手前でスカイラインを停めた。

剣持は静かに車を降り、門扉に近づいた。

表札を見上げる。龍門と記されている。ありふれた苗字ではない。右翼の論客として知られている龍門貞信の自宅ではないのか。

龍門貞信はアラブの産油国に採掘権を持つ石油会社の筆頭株主だが、頑固な国粋主義者だ。七十九歳だったか。一年中、和服で通している。

ある時期は、政商と呼ばれていた。闇社会の首領や保守政党の国会議員と親しい。龍門は俳句を嗜み、毎月のように自宅で句会を催している。出席者は民族派の文化人、財界人、政治家などだ。確か著名な能役者や歌舞伎俳優も常連メンバーだとマスコミで報じられていた。

剣持はスカイラインの中に戻った。

「龍門は、あらゆる面で大和民族が劣りはじめてることを保守系の総合月刊誌のインタビューで嘆いてたな。それだけじゃなく、講演でも同じようなことを繰り返し喋ってるっすよ」

「そのことは、おれも知ってる」

「右翼の親玉は新宿署の増永に美人経済アナリストを自分の邸に連れてこさせて、何をしようとしてるんでしょう？」

「まだ犯行目的は透けてこないな。徳丸さんと雨宮を呼び寄せて、四人で交代でしばらく張り込もう」

剣持は城戸に言って、懐からポリスモードを摑み出した。

3

張り込みのポジションを替える。

スカイラインは四十メートル近く後退し、合流したばかりの徳丸・雨宮班のプリウス・が前進して龍門邸の石塀の際に停まった。梨乃がすぐにプリウスのライトを消し、エンジンも切った。

「少しの間、前の車に移るぞ」

剣持は城戸に告げ、スカイラインの助手席から腰を浮かせた。静かに車を降り、大股でプリウスに歩み寄る。

偽の捜査車輛が龍門邸内に入ってから、ちょうど二時間が経っていた。

桐村涼子は龍門宅の一室に軟禁されたのか。そうだとしたら、増永はそろそろ表に出てくるのではないか。美人経済アナリストは何をされているのだろうか。

そのことが気がかりだったが、家宅捜索令状があるわけではない。残念ながら、龍門邸には踏み込めなかった。

剣持はプリウスの後部座席に乗り込んだ。運転席の梨乃が上体を捻る。

「龍門貞信が定期的に開いてる句会の出席者たちは思想的に右寄りで、国粋主義者っぽいですよね」

「そうだな。だから？」

「句会出席者たちは、龍門と同じように〝誇れる大和民族〟が少なくなったことを憂えてるんじゃないかしら？」

「そうなんだろうな。俳句仲間たちの大半は、このままでは日本は三等国家になってしまうと焦りを感じてると思うよ」

「これは単なる想像なんですが、龍門貞信は民族派の歴史学者、政治学者、言論人、財界人、政治家、キャリア官僚などに呼びかけて、〝大和民族向上委員会〟みたいな組織を結成したんではありませんか?」

「雨宮、先をつづけてくれ」

「はい。三十年近く日本経済が低迷しているので、晩婚化に歯止めがかかりません。有能な独身女性は仕事に打ち込む傾向が強まってます。三十歳を超えると、卵子の老化が急速に進むようです」

「そうなんだってな」

「一年半前から知的な高学歴の美人たちが四十三人も失踪して、いまも安否すらわかりません。まだ根拠はありませんけど、龍門は優秀な大和民族を人工的に増やすことを企んでるのではないでしょうか。それで配下の者に知的な美女たちを拉致させて、エリート男性の精子を使って妊娠させてるのかもしれませんよ」

「『日東総研』の美人経済アナリストも、そういう目的で罠に嵌められたのかもしれないと言うんだな?」

「ええ、そう考えてもいいんではないですか。わたし、自分の筋読みは大きくは外れてない気がします」

「たいした自信じゃないか」

剣持はからかった。

「ただのうぬぼれではありません。わたし、ネットで精子バンクのことをちょっと調べてみたんですよ。そうしたら、およそ一年半ほど前に東京と大阪の精子バンクから二百人分の冷凍精子が盗まれた事実がわかったんです。精子提供者は、文武両道に秀(ひい)でた日本人エリートばかりでした」

「そうした精子で拉致した知性派美人を孕(はら)ませれば、それこそ〝誇れる大和民族〟が誕生するだろうな」

「ええ。増永刑事に犯罪者に仕立てられた桐村涼子さんも秘密産院みたいな所に閉じ込められて、強引に出産させられることになるんじゃないかしら？」

「そうだとしたら、恐るべき密謀だな」

「雨宮の推測は、あながち的外(まとはず)れじゃねえだろう」

徳丸が話に加わった。

「優れた日本人を人工的に増やす計画が密かに進められてるとしたら、秘密産院のほかにも乳児や幼児を育てる施設があるんでしょう」

「ああ、あるにちがいねえよ。その施設で人工的にこの世に送り出された子供たちは育てられ、民族主義者の夫婦の養子にさせられるんじゃないか」

「仮に百人の高学歴の美女たちに強引に二人ずつ子供を産ませても、〝誇れる大和民族〟はわずか二百人しか人工的に増やせません」

「最初の一、二年はそうだろうな。けど、十年か二十年かけて一万人の知性派美人に二人ずつ子を産ませりゃ、二万人の優れ者ができる計算だ。もちろん、エリートたちの冷凍精子も大量に用意して、拉致した女たちを妊娠させるわけさ」

「それだけの歳月をかければ、優秀な日本人が増えることは間違いないでしょう」

「どの国も同じだが、支配層はほんのひと握りの人間だ。切れ者が数万人もいれば、この国の舵取りはできるんじゃねえのか」

「そうでしょうね」

「丸岡剛一は増永が龍門の下で知性派美女集めをしてる事実を突き止めて、増永だけではなく……」

「本部事件の被害者丸岡は、龍門貞信も強請ってたのかもしれませんね」

「剣持ちゃん、龍門が増永に丸岡を始末しろと命じたんじゃねえのか。そうじゃないとしたら、逃亡中の横尾が誰かに丸岡剛一を片づけさせたんだろうな」

「横尾は元産婦人科医で、闇の卵子提供ビジネスで荒稼ぎしてた。まだ確認はできてませんが、静岡県内に闇クリニックがあるようです。もしかしたら、横尾はそのクリニックで、知的美人たちを妊娠させてるのかもしれませんね」

「元ドクターも、龍門の陰謀に一役買ってたんじゃねえかってか。いくらなんでも、それは話ができすぎだろ?」

「そうですかね」

「笑い飛ばしちまったけど、あり得ない話でもねえか。横尾は闇の卵子提供で儲けてたんだが、もっと稼ぎたがってたとも考えられる」

「そうなのかもしれないな」

「高学歴の美女たちを妊娠させて出産させるには、どうしても産科医の手が必要だ。現職ドクターは、誰も危ないバイトなんかしたがらねえだろう」

「龍門が医師免許を失った横尾に目をつけた可能性もありそうですね」

「そうだったとしたら、横尾を新横浜のホテルから逃がしたのは龍門の手下だったんじゃねえか」

「増永が表に出てきたら、二台の車でリレー尾行しましょう」

剣持はプリウスを降り、スカイラインの中に戻った。助手席のドアを閉め、城戸に徳丸や梨乃と交わした話を伝える。

「龍門貞信が〝誇れる大和民族〟を人工的に増やしたいと考えたとしても、別に不思議じゃありません。右翼の老人は数年前から、誇りを失って腰抜けになった同胞たちを蔑み、嘆いてますからね。〝大和民族向上委員会〟みたいな秘密結社を作った可能性はあると思います。けど、龍門が黒幕なんすかね」

「知性派美人の連続失踪事件の首謀者は、もっと大物なんじゃないかと思ってるわけだ？」

「そうっす。龍門も小物じゃありませんけど、超大物じゃないでしょ？」

「そうだな。ビッグボスは、誰もが知ってるような人物なんだろうか」

「自分、そんな気がしてるんですよ。具体的に思い当たる人物がいるわけじゃないっすけど」

「フィクサーとか政商と呼ばれた龍門は、確かに超大物とは言えないな。格としては、アンダーボスだ。黒幕の器じゃない。何年か前、龍門は北方領土問題で少し譲歩の姿勢を見せた最大保守政党の元幹事長を扱き下ろす原稿を月刊総合誌に寄せて、絶交を宣言してた」

「そんなことがあったっすね」

「龍門が知性派美人の連続拉致の指示を出してたとしても、ビッグボスじゃないんだろうな」

「自分の勘が外れてたら、謝るっすよ」

城戸がそう言い、両腕でステアリングを抱えた。車内が沈黙に支配された。

龍門邸からエルグランドが滑り出てきたのは午後十時数分前だった。

運転席と助手席には、増永の同僚刑事を装った二人の男が坐っていた。増永と桐村涼子はリア・シートに並んで腰かけている。涼子は、頭を増永の肩に凭せかけていた。麻酔薬で意識を失っているのではないか。

プリウスが少し間を取ってから、偽の捜査車輌を尾けはじめた。城戸もスカイラインを発進させた。

エルグランドは玉川通りに出ると、そのまま東名高速道路の下り線に入った。プリウスとスカイラインは前後になりながら、偽装覆面パトカーを追尾しはじめた。

大井松田ＩＣを通過すると、エルグランドがサイレンを響かせはじめた。二台の車に尾行されていることに気づいたのか。

剣持は一瞬、そう思った。しかし、そうした様子は窺えなかった。単に追い越し車線を猛進したかっただけらしい。

やがて、エルグランドは御殿場ＩＣで、国道一三八号線に下りた。直進すれば、山中湖にぶつかる。

チームの車は一定の距離を保ちつつ、慎重に黒い車を追った。

エルグランドは須走から、富士裾野方面に向かった。陸上自衛隊富士学校の横を抜けると、交通量がぐっと少なくなった。

スカイラインとプリウスは充分に車間距離を取った。エルグランドは御殿場富士公園線に入り、太郎坊の脇道に逸れた。富士山スカイラインの数キロ手前だった。

「この先には、赤塚って千数百メートルの山があります」

城戸がハンドルを捌きながら、低い声で言った。エルグランドの尾灯は、点のように小さかった。プリウスは、スカイラインの三十メートルほど後方を走っている。

「富士山の南麓に闇クリニックがあるのかもしれないな」

「もう少し南側に東富士演習場があるんすけど、その周辺は別荘や民家が少ないんですよ。だから、闇の産院や育児施設があっても、人目にはつきにくいでしょうね」

「城戸、ライトをスモールライトに切り換えてくれ。少々、運転しにくいだろうが、増永たちに覚られたくないんでな」

剣持は指示をした。巨漢刑事が言われた通りにする。後続のプリウスも、スモールライトにした。

舗装道路が途絶えた。砂利道になると、サスペンションが弾みはじめた。林道の左右は漆黒の闇だ。連なる樹々が影絵のように見える。

数キロ進むと、急に視界が展けた。

右手の森林は切り拓かれ、平らに均されていた。高い塀が張り巡らされ、奥に二棟の建物が並んでいる。

どちらも鉄筋コンクリート造りの三階建てだ。幾つかの窓は電灯で明るい。

エルグランドは高い門扉の前で一時停止したが、誰も車から降りない。数秒後、鉄の門は開けられた。リモコン操作したのだろう。

エルグランドが門の向こうに消えた。ほどなく門扉が自動的に閉まった。

城戸が車を林道の端に停め、スモールライトを消した。エンジンも切られた。

後方で、プリウスが停止した。ライトが消される。エンジン音も熄んだ。

「とてつもなく敷地が広いっすね。何千坪もありそうだな。龍門の所有地なんですかね。それとも、黒幕の土地なんだろうか」

「どっちかの所有地なのかもしれないな。あるいは大事を取って、他人の土地を使わせてもらってるのか」

「後者かもしれないっすよ。どっちかの建物に桐村涼子は軟禁されて、いずれエリート男性の精子を子宮に送り込まれるんだろうな。自分、塀をよじ登って内部を覗いてみます」

「城戸、それは危険だ。おそらく防犯センサーが張り巡らされてるだろう。不用意に近づいたら、自由を奪われてる女性たちを救出できなくなる」

「明るい時間なら、ドローンで内部の様子がわかるんでしょうけどね」

「おれに、いい考えがある」

剣持はグローブボックスを開け、暗視双眼鏡を取り出した。

「塀には登れないっすよね？」

「奥の建物のそばまで行って、近くの喬木に登るんだよ。三人はこの林道から動かないようにしてくれ」

「了解です。敵に怪しまれたら、すぐ教えてくださいね。三人でバックアップしますんで」

城戸が緊張した顔で言った。

剣持はスカイラインから出た。自然林の中に分け入り、高い塀と平行に進む。

建物の斜め前のあたりで、剣持は立ち止まった。近くに樫の大木があった。

剣持は横に張り出した太い枝を摑み、少しずつ樹幹を登りはじめた。枝に足を掛けながら、梢の少し下まで上がる。

剣持は幹を片腕で抱き込み、上着のポケットから暗視双眼鏡を取り出した。ドイツ製で、旧式のノクト・ビジョンのように赤外線は使用されていない。闇夜でも、物がくっきりと見える。

剣持は暗視双眼鏡を目に当てた。

手前の建物の二階の一室に照明が灯っていた。白いカーテンで窓は覆われているが、内部は透けて見える。

二十代後半の妊婦がベッドに横たわっていた。その両手は、ベッドの支柱に結束バンドで縛られている。化粧っ気はなかったが、目鼻立ちは整っていた。いかにも利発そうだ。

一年半ほど前から相次いで失踪した四十三人の知性派美人のひとりなのではないか。奥に白衣をまとった中年男性がいる。

剣持はレンズの倍率を最大にした。

白衣の男は、なんと元産科医の横尾だった。横尾はにこやかな顔で、ベッドの女性に何か話しかけている。彼女の腹は大きく迫り出していた。臨月を迎え、一両日中に破水がはじまるのだろうか。

腹の大きな女性は無表情だった。身籠らされ、絶望と諦念に取り憑かれてしまったのかもしれない。それまでは理不尽な目に遭って、強い憤りを覚えていたのではないか。

剣持は別の部屋を覗いた。

妊娠中の女性が三人ほどベッドに身を横たえていたが、彼女たちの両手は結束バンドで括りつけられている。すでに不運な運命を受け入れる気になったのか、悲しみや怒りの色は宿っていない。揃って無表情だった。

剣持は隣の建物に暗視双眼鏡のレンズを向けた。

一階の各室には、大人用ベッドの横にベビーベッドが並んでいた。母子ともに眠りについている。乳児の母親は拉致され、エリート男性の冷凍精子で妊娠させられた知性派美人だろう。

二階の窓を見る。乳児を寝かしつけている二十七、八歳の女性は孕んでいるらしく、腹部が膨らんでいた。彼女は自由を奪われていなかった。しかし、個室のドアは外側に南京錠が取りつけられているのだろう。

各地で拉致された知的な美女たちは出産しても、数カ月後には人工的に妊娠させられているようだ。別の部屋にも、乳児に添い寝する女性の姿があった。その彼女も孕んでいる様子だった。

三階には、若い産科医らしい二人の男の個室があった。その並びの部屋には、五人の中年女性が寝(やす)んでいた。看護師や調理スタッフかもしれない。

二棟の建物の斜め後ろに、二階建ての北欧風住宅があった。外壁は灰色で、窓枠と桟は純白だった。その北欧風住宅の一階居間では、屈強そうな男が五人寛(くつろ)いでいた。偽の捜査車輌に乗っていた二人の男も混じっている。

だが、増永の姿は見当たらない。桐村涼子もいないようだ。増永たち二人は、横尾のいた建物の中にいるのか。北欧っぽい造りの住宅にいる男たちは拉致と見張りを担当しているのだろう。

剣持は樫の巨木から滑り降り、林道に戻った。三人の部下がひと塊(かたまり)になって、心配顔で立っていた。

剣持は、部下たちに偵察したことを伝えた。

真っ先に口を開いたのは梨乃だった。

「静岡県警に協力を要請して、拉致された女性たちを保護することを最優先すべきだと思います。わたしたち四人で敵の男たちを制圧して、女性や乳児たちを救出するのは無理でしょう。主任、そうしましょうよ」

「そういう選択がベストだろうな。でもな、少し時間をくれないか。医療スタッフか拉致犯グループが外に出てくるかもしれない。そうしたら、闇産院や一連の失踪事件の全容を聞き出せるだろう。それから、丸岡剛一を殺害した犯人が誰なのかも……」

「ですけど、桐村涼子さんが絶望的な気持ちになって、自死する気になるかもしれないんですよ」

「美人経済アナリストは、麻酔薬を嗅がされて眠ってるんじゃねえか」

　徳丸が梨乃に言った。

「そうなら、少しは安心ですけどね。でも、まだ意識が途切れてないということも考えられるでしょ？」

「そんなことはねえだろう」

「おれも、そう思います。だけど、そうとは言い切れないんだよな」

　剣持は、徳丸の語尾に声を被せた。梨乃が剣持の顔を直視した。

「本部事件の被疑者の割り出しをすべきなんでしょうけど、わたしは……」

「雨宮、一時間だけ猶予をくれないか。それでも誰も外に出てこなかったら、静岡県警に協力を仰ぐ。二台の車を林道の脇の側道に隠して、しばらく待ってみよう」

　剣持は部下たちに言った。城戸と梨乃がそれぞれ車に乗り込み、スカイラインとプリウスを人目につかない場所に隠した。

「徳丸さん、おれの判断は情がなさすぎます？」

「そんなことはないよ。拉致された美女や乳児たちを敵が粗末にするわけねえ。ただ、錯乱した桐村涼子が自殺する気になるかもしれない。そいつが心配だな」

「そうですね」

「一時間経ったら、静岡県警に協力してもらって敵の牙城（がじょう）に乗り込もうや」

「そうしましょう。車に戻りますか」

剣持は徳丸に言って、スカイラインに駆け寄った。

鉄の門扉が開いたのは数十分後だった。白っぽいライトバンが走り出てきた。車内には、二人の女性が乗っている。

剣持はスカイラインから飛び出し、ライトバンの行く手に立ち塞（ふさ）がった。部下たち三人が素早くライトバンを取り囲む。

剣持は素姓を明かし、二人の女性に職務質問した。

運転席にいるのは、『横尾マタニティークリニック』の本院で働いていた元看護師だった。助手席にいる女性は、やはり元本院の調理スタッフだという。二人は御殿場の市街地にある二十四時間営業のスーパーに食料を買いに出かけるところだったらしい。

やはり、推測通りだった。

龍門貞信の命令で増永刑事が拉致犯グループを集めて、各地で四十三人の知性派美人を引っさらわせた。警官を装った実行犯は、被害者女性たちを秘密産院に軟禁した。精子バンクから盗んだエリート男性の精子を使って、横尾が強制的に妊娠させていたそうだ。すでに二十三人の子が誕生しているという。

増永が巧みに拉致した美しい経済アナリストにも、IQの高い日本人男性の精子を注入する予定になっていたらしい。いま現在は昏睡状態だという話だった。

二人の女性は、丸岡剛一の事件に誰が絡んでいるかは知らないと繰り返した。嘘をついている様子は見られなかった。

ライトバンから離れたとき、二人の男が短機関銃（サブマシンガン）を扇撃ち（ファンニング）してきた。ライトバンに九ミリ弾が何発か当たり、爆発炎上した。車内の二人は、瞬く（またたく）間に炎にくるまれた。

もはや救い出す手立てはない。剣持たち四人はいったん林の奥に退避した。

メンバーはそれぞれハンドガンを握ったが、樹木に阻（はば）まれて思うように反撃できなかった。もどかしかったが、どうすることもできない。

イスラエル製のUZI（ウージー）ミニを構えた男たちは、烈（はげ）しく撃ちまくった。凄まじいファンニングだった。

樹皮や小枝が弾き飛ばされ、葉っぱや土塊（つちくれ）が舞った。弾切れ（たまぎれ）になっても、男たちは予備のマガジンを手早く装着させた。リズミカルな連射音がひとしきり響いた。

やがて、銃声が熄んだ。

二人の男が闇産院の敷地内に駆け戻って、鉄の門扉を閉ざした。

剣持たちは林道に走り出た。ライトバンはフレームだけになっていた。車内にいた二人の女性は、ほとんど炭化していた。

「雨宮、静岡県警に通報してくれ」

剣持は梨乃に命じて、徳丸や城戸と鉄扉を乗り越えた。三人は最初の北欧風住宅に躍り込んだ。

だが、北欧風住宅は無人だった。警察官の制服が三着、ハンガーに掛かっていた。何度か警官に化けた拉致犯グループは慌てて逃げたようだ。

剣持たちは二棟をくまなく検べたが、横尾や悪徳刑事の増永はどこにもいなかった。雇われた医師や看護師たちも消えていた。

どこから逃げたのか。

剣持たちは建物の外に出た。建物と建物の間にハッチがあった。地下トンネルの入口だった。剣持は懐中電灯の光で足許を照らしながら、トンネルを進んだ。

出口のハッチは裏山の中にあった。闇を照射してみたが、動く人影はなかった。

剣持は闇に向かって吼えた。

4

何かが鳴っている。

刑事用携帯電話（ポリスモード）の着信音だった。眠りを破られた。

剣持は上体を起こした。自宅マンションの寝室だ。

御殿場から戻ったのは明け方だった。チームは静岡県警の協力を得て、軟禁されていた女性たちと乳児を全員保護した。『日東総研』の桐村涼子も救い出すことができた。

剣持たちは静岡県警の者たちにドライブ中に道に迷って、炎上しているライトバンを発見したと言い繕（つくろ）った。

静岡県警機動捜査隊の主任は少し怪しんだようだったが、四人が警察手帳を呈示すると、追及しなくなった。剣持たちは地元の捜査員と一緒に山狩りをした。だが、敵の一味はひとりも見つけられなかった。

剣持は、ナイトテーブルの上に置いたポリスモードを掴み上げた。発信者は二階堂だった。剣持は山狩りが終わった階段で、理事官に報告を上げていた。

「山梨県の身延（みのぶ）山中で、横尾範之の射殺体が発見されたよ。その近くに三人の産科医と二人の看護師の遺体が転がってた。横尾に抱き込まれたと思われるドクターとナースの五人は、頭部を至近距離から撃ち抜かれてたそうだ」

「逃亡の途中で、北欧風住宅にいた男たちに横尾たち六人は殺(や)られたんでしょう」

「口封じを命じたのは、新宿署の増永警部補と考えてもいいだろうな。もちろん、そうしろと命令したのは龍門貞信にちがいない」

「増永と拉致犯たちの行方は、まだわからないんですね？」

「静岡、山梨、長野の三県警に協力を要請したんだが、まだ身柄は確保できていないんだ」

「理事官、その三県に龍門の別荘はないんでしょうか？」

「服部管理官によると、龍門は那須高原(なすこうげん)にしか別荘は所有してないそうだ。ただ、句会の常連の全経連副会長の室井保(むろいたもつ)、七十三歳が神奈川県の箱根にセカンドハウスを持ってるらしい」

二階堂が答えた。

「室井保は大手製紙会社のトップで、民族主義者として知られた財界人ですね。理事官、増永たちは室井の別荘に匿(かくま)われてるのかもしれませんよ。御殿場と箱根は隣り合ってますから」

「今朝早く捜査本部の連中が室井保の別荘に急行したんだが、増永たちは潜伏していなかったんだ。しかし、逃亡犯は静岡周辺に潜んでるんだろうな」

「理事官、闇の産院や育児施設のある土地の所有者はわかりました？」

剣持は訊いた。

「わかったよ。土地の所有者は民自党元老の雫石充義、八十四歳だった」

「元総理大臣の雫石の土地だったんですか!?」

「ああ、それは間違いない。雫石は三年前に政界を引退したんだが、タカ派の親玉だった。現首相も右寄りと言われてるが、雫石は典型的な国粋主義者でアメリカ、ロシア、中国に平気で嚙みつき、我が民族こそ世界一優秀なんだと公言してた。ヒトラーほどじゃないだろうが、歪な愛国心はちょっと異常だね」

「リベラリストたちを皆殺しにしてやりたいなどと危ない発言もしてましたし、外国人排斥運動を起こすべきだと声高に叫んでました。客観的に言って、思想的に偏りすぎてます」

「その通りだな。雫石は龍門や室井を弟分のようにかわいがってた。本庁の公安部によると、雫石は『敷島再生の会』の発起人になって、財界人、保守系国会議員、右翼系政治結社、闇の勢力から二年近く前からカンパを募ってたらしいんだ」

「理事官、〝誇れる大和民族〟を人工的に増やそうという陰謀のシナリオを練ったのは雫石充義だったのではないですか。龍門と室井は参謀格だったんでしょう」

「そう思えるね。もしかしたら、増永たち逃亡者は雫石に匿われてるのかもしれないぞ。参謀たちはどうしても捜査当局に怪しまれやすいからな。しかし、元総理大臣が黒幕なら、迂闊(うかつ)に手入れはできないだろう。雫石は裏をかいて、増永たち実行犯を渋谷区南平台(なんぺいだい)の自宅に匿った可能性もあるな」

「ええ。メンバーに呼集をかけて、雫石の自宅に張りついてみます」

「支援が必要なときは、すぐ服部管理官に要請してくれ」

「わかりました」

「首尾よく増永を押さえて口を割らせることができたら、雫石、龍門、室井の逮捕状を請求する。上層部の一部が難色を示すだろうが、鏡課長とわたしは決して圧力には屈しないよ。思う存分に動いてくれ」

二階堂が電話を切った。

剣持は徳丸たち三人のメンバーに呼集をかけ、一時間後に『桜田企画』に集まることになった。まだ正午を過ぎたばかりだった。

剣持は急いで身仕度をして、十数分後には自宅マンションを出た。表通りでタクシーを拾い、西新橋のアジトに向かう。

秘密刑事部屋に着いたのは午後一時数分前だった。すでに三人の部下は顔を揃えていた。一様に眠そうだったが、間もなく表情は引き締まった。

剣持たちは武装すると、二台の車に分乗して南平台に向かった。

二十数分で、雫石邸に到着した。邸宅街の中でも、ひと際目立つ豪邸だった。敷地が広く、家屋も大きい。

何台も防犯カメラが設置されている。

プリウスとスカイラインは、それぞれ雫石邸から数軒離れた邸宅の生垣の際で張り込みはじめた。

剣持はプリウスの助手席に坐っていた。運転席にいるのは城戸だ。徳丸と梨乃はスカイラインに乗り込んでいた。

「闇の産院に閉じ込められた知性派美人と乳児たちを無傷で保護できたのはよかったんですが、二人の女性は明らかに心のバランスを崩してるようでした。拉致されて強制的に妊娠させられたんすから、ひどいショックを受けたにちがいないっすよ」

「自分の意思とは関わりなく、子供を出産させられたんだ。生まれた子の父親が文武両道のエリートだとしても、相手とは一面識もない。生まれた子に罪はないんだが、母親の苦悩は深いだろうな」

「拉致された被害者たちは勝手に人生を台なしにされたんですから、怒りも強いと思うっすよ。でも、母性が目覚めれば、産んだ赤ん坊を憎むことはできないでしょうね」

「そうだろうな。一、二歳で自分の子はどこかの夫婦の養子にされるから、身軽にはなれる。しかし、実子と引き裂かれるわけだ。女性にとって、それは耐えがたいことだろう」

「惨いことをしやがったな。生まれた子供たちは頭がいい美男美女になるんだろうが、自分らが不自然な形で生を享けたと知ったときはすごく悩むはずっすよ」

「不幸だよな、生まれた子供たちも」

「そうですね。国家は人々の集まりで成り立っています。優秀な子供たちがリーダーになって日本がたとえナンバーワン国家になっても、計画的に指導者にされた連中は生まれてきたことを素直には喜べないんじゃないっすか。民族主義者たちの歪んだ野望の犠牲者なわけだから」

「すでに生まれてしまった子たちは気の毒だね。しかし、歪んだ陰謀を叩き潰せたことが唯一の救いだ」

「ええ。本部事件の被害者丸岡が増永はもっとでっかい悪事の片棒を担いでると録音音声に遺してたんですけど、まさかこんなひどいことに手を貸してるとは思わなかったっすよ。同じ刑事の増永がそんな悪事に手を染めてたことが赦せないですね」

城戸が憤怒を露にした。

「おれも同じ気持ちだよ」

「主任、増永は何がきっかけで龍門と結びついたんでしょう?」

「暴力団関係者の中に、右翼崩れがいたのかもしれないな。そいつの紹介で、龍門貞信と面識ができたんだろう。あるいは、もともと増永は右寄りで、自分から龍門に近づいたとも考えられる」

「後者なら、増永は公安警察の動きを龍門に流して、そのたびに小遣いを貰ってたのかもしれないですね。金銭欲が強いようっすから」

「そうだったのかもしれないな。それにしても、偽の捜査車輛を用意して目をつけた知性派美人を拉致するなんて手口は前例がない。拉致犯たちを偽警官にしたことも な。おそらく増永が悪知恵を働かせたんだろう」

「そうなんでしょうね。体格のいい奴らに強引に高学歴の美人たちをさらわせてると、そのうち足がつくと考えて新宿署の悪徳刑事は偽の警察車輛を使うことを思いついたんだろうな」

「ああ、多分な」

「元産科医の横尾は元格闘家たちに若い女性を拉致させて卵子を勝手に奪ってましたが、御殿場でサブマシンガンをぶっ放した奴らも前の仕事は同じだったんすかね？」

「連中は銃器の扱いに馴(な)れてた。元自衛官や元海上保安官なんじゃないか。ひょっとしたら、元ＳＰもいるのかもしれないぞ」

「増永が拉致の実行犯集めに関わってたんなら、元警察官もいそうですね。そういう奴がいるから、警察嫌いの市民がいっこうに減らないんだ」

「どんな組織にも、性根(しょうね)の腐った奴はいる。城戸、そう嘆くな」

剣持はそう言って、上体を背凭れに預けた。

その数分後、徳丸から剣持に電話がかかってきた。

「雫石の自宅に増永たちが匿われてるとしても、明るいうちは外出しねえだろう」

「でしょうね」

「夕方まで漫然と張り込んでても何かもったいねえから、おれは雨宮と近所の家の防犯カメラの映像を観(み)せてもらうわ。かまわねえよな？」

「ええ、お願いします」

剣持は刑事用携帯電話(ポリスモード)の通話終了ボタンに触れた。それから三十分も経たないうちに、梨乃から電話があった。

「雫石宅の斜め前のお宅の防犯カメラに増永と拉致犯グループの三人の姿が映ってました。四人は近くで車を降りたようで、徒歩で雫石宅を訪ねてます」

「その時刻は？」

「今朝六時十分ごろです。それまで増永たちは、御殿場周辺に潜伏してたんでしょうね。そのときはもう横尾を射殺し、雇われ医師と看護師たちも殺害してたんでしょう」

「増永は雫石宅のインターフォンを鳴らしたのか？」

「いいえ。潜り戸の内錠は予め外されてたようで、増永たちはすぐに邸内に入っていきました」

「そうか。いまの報告を聞いて、連続失踪事件の首謀者が雫石充義にほぼ間違いないと判断できるな。理事官に電話して、まず雫石の逮捕状を請求してもらうよ。徳丸さんと車に戻って、張り込みを続行してくれ」

剣持は通話終了ボタンを押し、すぐに二階堂理事官に電話をかけた。梨乃の報告をつぶさに伝える。

「そういうことなら、最初に雫石の令状を取ろう。雫石が半落ちでもしたら、龍門と室井保の令状もすんなりと下りるだろう。少し前に山梨県警から情報がもたらされたんだが、横尾はじめ雇われ医師と看護師はコルト・ガバメントで撃ち殺されたことが判明した。ライフルマークから、凶器が特定されたんだそうだ。射殺犯は拉致犯グループのひとりだろうね。うまく立ち回ってきた増永が自分の手を汚すとは思えないからな」

「そうですね。本部事件の実行犯も、拉致犯たちの中の誰かなんでしょう」

「おそらく、そうなんだろうな。そのまま張り込みを続行してくれないか」

理事官が通話を切り上げた。

チームの四人は張り込みを続行した。

時間が流れ、邸宅街は暮色(ぼしょく)の底に沈んだ。雫石邸の潜り戸が押し開けられたのは、午後七時過ぎだった。現われた男は茶色のハンチングを被り、色の濃いサングラスで目許を隠している。

しかし、歩き方に特徴があった。増永は肩を左右に振りながら、蟹股(がにまた)で歩く。新宿署の悪徳刑事だろう。

「車を出して、増永の前でハーフスピンさせてくれ」

剣持は城戸に命じた。

城戸がプリウスを走らせ、増永の行く手を塞(ふさ)いだ。増永が身を翻す。すかさず梨乃がスカイラインで、増永の進路を阻(はば)んだ。

剣持はプリウスを降り、増永に駆け寄った。城戸が急いで車を降りる。

徳丸と梨乃がスカイラインから現われ、増永の逃げ場を封じた。

「おまえら、何者なんだ。やの字じゃなさそうだな」

「本庁の者だ」

剣持はホルスターからグロック32を引き抜き、スライドを引いた。

「警察官(サツカン)がそんな拳銃を持ってるわけない。モデルガンを持った偽刑事だなっ」

「本物(モノホン)だよ」

徳丸が言って、増永の後ろ首に手刀(しゅとう)打ちをくれた。体をふらつかせた増永に、城戸がすかさずボディーブロウを浴びせる。

増永が呻いた。ハンチングが傾き、サングラスが鼻にずり落ちる。

剣持は増永の膕(ひかがみ)を蹴った。右膝頭の斜め上の内側だ。膕は急所の一つだった。増永が頽(くずお)れる。

「暴発を装って、一発喰(く)らわせてやろうか」

剣持は路面に片膝をつき、グロック32の銃口を増永の腹部に突きつけた。

「本当に本庁の連中なのか!?」

「そうだ。理由(わけ)あって、所属は明らかにできないがな。そっちはヤー公たちと不適切な関係にあるだけじゃなく、雫石充義の悪謀に手を貸してた」

「悪謀って、何なんだ？」

増永が、しらばっくれた。梨乃が悪事の数々を具体的に挙げる。それでも、増永は空とぼけつづけた。

「みんな、雄叫(おたけ)びみたいな大声を張り上げてくれないか。そしたら、おれは増永の太腿を撃つ。もちろん、暴発したことにしてな」

剣持は部下たちに言った。次の瞬間、増永がわなわなと震えはじめた。

「撃つな。わざと暴発なんかさせないでくれーっ。雫石先生はこの国の行く末を案じてるから、少しばかり荒っぽいやり方で〝誇れる大和民族〟を増やす気になったんだ。龍門さんと全経連の副会長は雫石先生の考えに以前から同調してた。それだから、『敷島再生の会』の世話人になり、同じ考えを持つ財界人、政治家、歴史学者、言論人、右翼団体などからカンパを集めて、次世代のリーダーたちの育成に力を尽す気になったんだよ」

「雫石たち国粋主義者たちの考えは独善的だし、人間の尊厳を無視してる。拉致した知性派美人を力ずくで妊娠させてIQの高い美男美女を誕生させたところで、この国の人々は幸せになれるわけがない。たとえ昔以上の経済大国になってもな」

「雫石先生たちは、本気でそう思ってるんだ。おれは……」

「金になるんで、悪事に加担してただけなんだろうな。たかり刑事がこの国のことなんか考えてるわけないから」

「言ってくれるな」

「丸岡剛一は雫石の陰謀を嗅ぎつけて、民自党の元老だった老人から巨額の口止め料をせしめようとした。だから、雫石は誰かに丸岡を始末させた。あんたが何か人参をぶら下げられたんで、ダガーナイフで『デジタルネーション』の元社長を殺っちまったのか？」

「おれは人殺しなんかしてない。頭のいい美人を四、五人……」

「拉致犯を警察官に化けさせ、知的な美女たちを引っさらわせただけだと言うのかっ。『日東総研』の桐村涼子は、そのひとりだったんだな？」

「そうだよ。おれは、本当に丸岡の事件には関わってないんだ」

「それじゃ、横尾たちを身延山中で射殺した拉致犯グループが手を汚したのか」

「あいつらだって、丸岡殺しにはタッチしてない。龍門さんの命令で、元自衛官の小松一成って奴が横尾さんたちを始末したんだが、連中もシロだよ。雫石先生や龍門さんは丸岡なんか歯牙にもかけなかったんだ。丸岡に口止め料なんか払う気はなかったんだよ。

自分も同じさ」

「おれの仲間に大声を出してもらうか」

「やめろ！　撃たないでくれーっ。雫石先生、龍門さん、室井さんの三人も丸岡殺しには関与してないんだ。嘘じゃないよ」

「横尾が誰かに丸岡を片づけさせたのか？」

「いや、元ドクターも事件には関与してないはずだよ。おれは横尾さんたち医療スタッフを消す必要はないと思ってたんだが、雫石先生と龍門さんは計画が頓挫しては困るからと……」

「横尾たち医療スタッフを小松って奴に始末させたんだな？」

「そうだよ」

「小松の潜伏先を教えてもらおうか」

「郷里の能登半島あたりにしばらく身を潜めると言ってたが、どこにいるのかわからないんだ」

「拉致グループの二人は、まだ雫石の自宅に匿われてるんだなっ」

「ああ。奥寺って奴と宇津木って男は、先生の家の書生部屋にいる」

「そっちはどこに行くつもりだったんだ？」

「しばらく逃亡生活をしなきゃならないんで、新宿の雑沓（ざっとう）の中で妻からキャッシュカードと旅券を受け取ることになってたんだよ」

「これまでだな」

剣持は悪徳刑事に言って、城戸に目配せした。城戸が増永に前手錠を打つ。

「服部管理官を呼んでくれないか」

剣持は梨乃に声をかけ、ゆっくりと立ち上がった。

「恐るべき悪謀は暴けたが、肝心の真犯人（ホンボシ）はまだ闇の中だな。まだ『はまなす』で美酒に酔えねえ。もうひと踏ん張りしようや」

徳丸が言った。剣持はうなずき、グロック32をホルスターに戻した。

5

プリウスが路肩に寄せられた。

神田のビジネス街だった。少し先に『協栄交易』の本社ビルが見える。十一階建てだった。

相棒の美人刑事がシートベルトを外した。

「そっちは車の中にいてくれ。丸岡謙輔は、おれが企画課で仕事をしてると思ってるんだ。極秘捜査班のことは伏せてあるんだよ」

「そうでしたね。ペアで改めて聞き込みに行ったら、主任が現場捜査に携わってることがバレてしまいます。わたしは車の中で待機してましょう」

「そうしてくれないか」

剣持は梨乃に言って、助手席から降りた。本部事件の被害者丸岡剛一の異母弟の職場に向かう。午前十一時前だった。

増永刑事の身柄を服部管理官に引き渡したのは一昨日(おととい)である。きょうの午前中に雫石充義、龍門貞信、室井保ら知性派美人連続拉致事件の主犯格たち三人は逮捕された。午後になって、雫石宅に匿われていた拉致実行犯の奥寺潮(うしお)と宇津木恭二(きょうじ)も捕まった。

横尾を含めて六人の医療スタッフを射殺した小松一成は昨夕、輪島(わじま)市の知人宅で検挙されていた。捜査本部は、雫石の恐るべき犯罪計画に関わった被疑者たち全員を厳しく取り調べた。雫石はしぶとく犯行を否認していたが、全経連の室井副会長が陰謀について全面自供したことで落ちた。

黒幕ら三人は複数の罪名で起訴されるだろう。短機関銃をファンニングさせた奥寺と宇津木は、殺人容疑・拉致監禁容疑及び銃刀法違反で送致されるはずだ。横尾たち闇クリニックの医療スタッフ六人を射殺した小松は、近く殺人容疑で起訴されるだろう。

服部管理官の指示で、巣鴨署に置かれた捜査本部は丸岡殺しとの関連をとことん調べた。雫石と龍門の供述で、丸岡剛一が元総理大臣に十億円の口止め料を要求していたことが明らかになった。だが、雫石はまともに取り合わなかったらしい。増永の供述通りだった。つまり、雫石ら逮捕された者たちはいずれも本部事件には関与していなかったわけだ。

極秘捜査班は図らずも凶悪な犯罪を暴いたのだが、晴れやかな気持ちにはなれなかった。本部事件はまだ解決していない。

殺人捜査は、無駄の積み重ねと言っても過言ではない。剣持たち四人は気を取り直して、被害者と近しい人物から改めて聞き込みをすることになったのだ。

剣持は『協栄交易』の本社ビルに入り、一階の受付ロビーに直行した。名乗って、水産部二課の丸岡謙輔との面会を求める。

「丸岡は昨日付けで退社しました」

受付嬢が告げた。

「退社理由は？」

「受付では、よくわかりません」

「そうだろうね。直属の上司だった方に取り次いでもらえないだろうか」

「少々、お待ちください」

「よろしく！」

剣持はカウンターから一メートルほど退(さ)がった。受付嬢がクリーム色の内線電話機の受話器を取り上げた。

遣(や)り取(と)りは短かった。

「但馬(たじま)課長がお目にかかるそうです。あちらでお待ちいただけますか」

受付嬢がエレベーターホールの手前の応接コーナーを手で示した。三組のソファセットが置かれていたが、無人だった。

剣持は真ん中の応接セットのソファに腰を落とした。二分ほど待つと、エレベーターの函(ケージ)から四十四、五歳の細身の男が出てきた。

それが但馬課長だった。剣持は警察手帳の表紙だけを短く見せ、苗字を名乗った。

二人は向かい合った。

「丸岡謙輔さんが会社を辞められたと聞いて驚きました。仕事で何か大きなミスでもしたんですか？」

剣持は問いかけた。

「いいえ、仕事はきちんとこなしていました。しかし、今年の三月に異母兄が不幸な亡くなり方をしてからは、元気がなくなりましたね。両親は他界してるんで、腹違いの兄さんだけが頼りだったんでしょう。いつまでも打ちひしがれてると職場の同僚や取引先にも迷惑をかけるんで、ひとまず退職して気分を変えたいんだと強く言ったもんですので……」

「彼の辞表を受け取られたんですね」

「ええ。だいぶ慰留したのですが、本人の気持ちは変わりませんでした。人には、それぞれ生き方がありますo だから、強く引き留められなかったんですよ。しばらく貯えと失業保険で喰いつなぐと言っていました」

「そうですか。まだ下北沢のワンルームマンションは引き払ってませんよね？」

「と思いますよ」

「それでは、自宅を訪ねることにします。亡くなった異母兄の遺骨は、もうご両親の墓に納めたんですか？」

「いいえ、まだ納骨はしてないようですよ。子供のころに命を救ってくれたので、一年間は故人のお骨を自宅に置いて供養したいんだと言っていました」

但馬が言って、ちらりと腕時計に目をやった。多忙なのだろう。

剣持は礼を述べて、表に出た。プリウスに乗り込み、梨乃に丸岡が退職したことを教える。その理由も話した。

「お兄さんが急死したことが、よっぽどショックだったんでしょうね」

「そうなんだろうな。下北沢に向かってくれ」

「はい」

梨乃がプリウスを走らせはじめた。

目的のワンルームマンションを探し当てたのは、およそ三十分後だった。剣持ひとりで、部屋を訪ねる。丸岡謙輔は部屋にいた。

「会社、辞めたんだってな」

剣持は入室するなり、部屋の主に確かめた。

「仕事中にも異母兄のことを思い出したりするんで、気分を一新する必要があると感じたんですよ。少し休養したら、求職活動をするつもりです。兄貴を殺した犯人にようやく目星がついたんですか？」

「残念ながら、捜査は難航してるみたいなんだよ。きみとは妙なことで知り合ったんで、こっちも少しでも捜査に協力したいと思って、また話を聞かせてもらおうと訪ねてきたんだ」

「せっかく来ていただいても、知ってることはすべて剣持さんに話しましたので……」

「そうだよな。なら、故人にお線香を上げさせてもらって引き揚げよう。ちょっと上がらせてもらうよ」

「ちょっと待ってください」

「奥のベッドに女性でも寝てるのかな。いまのは冗談だよ」

「骨箱をベランダに出してるんですよ。たまには、異母兄に日光浴させてやりたいと思ったんです。少し待ってください」

丸岡がうろたえた様子でベランダに向かった。剣持は待った。三分ほど経ってから、室内に通された。

骨箱はパソコンデスクの上に置かれていた。白布は黒ずんで汚れている。埃にも塗れていた。何日もベランダに出されていたのだろう。

「故人もぼくも無宗教なんで、線香は上げてないんです」

「遺影や花器も見当たらないね」

「線香を手向けたり、献花することだけが供養ではないと思います。故人のことを折に触れて思い出すことが一番の供養でしょう。ええ、絶対にそうですよ」

丸岡が興奮気味に言って、横に移動した。

剣持は、おやっと思った。しかし、表情は変えなかった。丸岡の言い分には説得力がなかった。何かを糊塗しようとしているのではないか。

剣持は薄汚れた骨箱に両手を合わせ、丸岡の部屋を辞去した。命の恩人と思っている異母兄の遺骨を何日もベランダに放置するものだろうか。いくら無宗教とはいえ、骨箱をそんなに粗末には扱わないだろう。

奇異な印象はすぐ疑惑に変わった。丸岡は心から腹違いの兄を恩人と感じ、慕っていたのだろうか。周囲にそう映るように演技をしていただけなのかもしれない。そう思えてくる。

剣持はプリウスの助手席に乗り込むと、梨乃に丸岡謙輔が異母兄の遺骨を大事にしていなかったことを話した。

「おかしいですね。もしかしたら、丸岡謙輔が腹違いのお兄さんを……」

「重森香奈の自宅に張りついてる徳丸さんと城戸に兄弟の生家があった大宮区土手町二丁目に行ってもらおう。いまも地元に住んでる兄弟の幼友達たちに会ってもらえば、意外な新事実がわかりそうだからな」

「そうですね」

「おれたちは丸岡謙輔の動きを探ってみよう。雨宮、車を四十メートルほどバックさせてくれないか」

「了解！」

梨乃が指示に従った。剣持は徳丸に電話をかけ、丸岡を怪しみはじめた経緯を詳しく語った。

「兄貴のことを命の恩人と思ってたら、とても骨箱をベランダになんか置いておけねえよな。丸岡剛一は腹違いの弟の命を救ってやったことを恩に着せて、下僕のように扱ってたんじゃないのか。父親や継母の前では異母弟をかわいがってる振りをして、陰ではしょっちゅういじめてたのかもしれねえぜ」

「長いこと屈辱的な思いをさせられたら、半分は血が繋がってる兄貴に対しても殺意を抱くでしょうね」

「と思うよ。城戸と大宮に向かわあ」

徳丸が通話を切り上げた。

剣持たち二人は丸岡の自宅マンションの出入口に視線を注ぎつづけた。刑事に不信感を持たれたことで丸岡が狼狽しているとしたら、何かリアクションを起こすにちがいない。

三十分が経ち、一時間が流れた。

しかし、丸岡は表に出てこない。被害者の遺骨をぞんざいに扱っただけで、丸岡を疑うのは早とちりだったのか。

「主任、後方の黒いセレナはわたしがこの車を移動した直後から、同じ場所にいるんですよ」

梨乃が訝しそうに言った。

剣持はルームミラーとドアミラーを交互に見た。三十メートルあまり後ろに路上駐車中のセレナの運転席には、五十歳前後の男が坐っていた。

何か雑誌の頁を繰っている。捲り方が早い。読んでいる振りをしているだけなのだろう。いかにも不自然だ。

「なんか怪しい感じですね。わたしたちの動きを探ってるんでしょうか?」

「雨宮、車を出して脇道に入れてくれ。おれを降ろしたら、プリウスを二、三十メートル先に停めてくれないか。セレナが尾けてきたら、職務質問する」

「わかりました」

梨乃が車を発進させ、近くの脇道に乗り入れた。いったんプリウスが停まる。

剣持は素早く車を降り、物陰に隠れた。

プリウスが走りはじめ、数十メートル先のガードレールの際に停止した。そのとき、セレナが脇道に入ってきた。

不審な車は剣持の近くに停まった。

五十絡みの男はプリウスの助手席に誰も坐っていないことに気づいたらしく、セレナから出てきた。左右を見回しはじめる。

「おれに何か用か？」

剣持は男に問いかけた。男がぎょっとして、伏し目になった。

「逃げるなよ。逃げたら、公務執行妨害罪も適用できるんだ」

「おたく、刑事さんだったんですか!?」

「知らなかったのか」

「は、はい。依頼人から、丸岡さんの自宅マンションの様子をうかがってる人物がいたら、報告してくれと頼まれてただけなんですよ」

「あんた、探偵なのか？」

「ええ。夫婦で小さな探偵社をやってるんですよ。鳴海（なるみ）という者です」

「依頼人は誰なんだ？」

「依頼人の名を教えるわけにはいきません。守秘義務がありますのでね」

「公務執行妨害罪で、おたくを連行するか」

「そ、それは勘弁してください。依頼人は重森香奈って女性ですよ」

「重森香奈だって!?」

剣持は思わず声のトーンを高めた。被害者の交際相手が丸岡謙輔と共謀し、巨額の隠し金を奪ったのだろうか。そうだとしたら、丸岡謙輔がアリバイ工作をしてから、異母兄を刺殺した疑いが深まる。

「ただですね、わたしも妻も依頼人には会ってないんですよ。重森さんはメールで調査を依頼してきて、十五万円の着手金を現金書留で送ってきました。着手金を受け取ったので、調査に乗り出したんですよ」

「重森香奈の住所は？」

「えーと……」

鳴海が質問に答える。香奈の現住所だった。

剣持は鳴海に名刺を出させ、セレナを追い払った。プリウスに戻り、美人刑事に尾行者の正体を話す。

「調査の依頼人が香奈だとしたら、事件被害者丸岡剛一の彼女が丸岡謙輔とつるんで、五億円を奪った疑いがありますね。被害者は、異母弟に殺されたんでしょうか？」

「実行犯は男なんだろうな。探偵の鳴海の話が事実なら、なぜ重森香奈は直に調査を依頼しなかったのか。現金書留には住所を書いてるのに、どうしてダイレクトに調査を依頼しなかったんだろうか。それが解せないな」

「そうですね」

「本部事件の真犯人は、重森香奈が共犯者だと見せかけたかったのか」

「そうなら、隠し金は犯人が単独で奪ったんでしょう」

「多分な。雨宮、車をワンルームマンションの前に戻してくれないか」

「はい」

梨乃がプリウスのギアをD（ドライブ）レンジに入れた。

車が元の通りに戻ると、剣持は服部管理官のポリスモードを鳴らした。そして、重森香奈が鳴海に調査を依頼したかどうか確認してくれるよう頼んだ。

管理官から折り返し電話がかかってきたのは小一（こ）時間後だった。

「重森香奈は、鳴海という探偵にメールで調査依頼をした覚えはないと言い張っています。それから、着手金十五万円を現金書留で送ったこともないと言ってました。嘘をついてるようには見えませんでしたね」

「そう」

「それから、香奈は妙なことを言ってました。丸岡謙輔が彼女にちょっかいを出そうと自宅を訪ねてきたことがあるらしいんですよ。その数日後、部屋のドアの鍵穴にラップフィルムの小さな切れ端が付着してたというんです。そのラップフィルムには、ゴム粘土の滓がくっついてたという話でした。剣持さん、どういうことなんでしょうか？」

「誰かが鍵穴の型を取って、合鍵をこしらえたんだろう」

「そいつが例の五億円をかっぱらったんでしょうか、香奈が外出中に」

「そう考えてもよさそうだな」

「本部事件の犯人は、異母弟だったんですかね？」

「その疑いはゼロじゃないだろう」

剣持は電話を切ると、梨乃に管理官から聞いた話を伝えた。口を結んだとき、徳丸から電話があった。

「被害者の丸岡剛一は、実に陰険な奴だったみたいだぜ。兄弟の幼馴染みの話によると、剛一は溺れて死にかけてた異母弟を救ってやったことを恩に着せ、謙輔に小学生のころから万引きを強いて、中学生のころはナイフを渡して恐喝もやらせてたんだってさ」

「そんなことをさせてたのか、自分の弟に」

「謙輔は命の恩人に背くことはできないと思ったらしく、異母兄の言いなりになってたそうだよ。それでも高校生になると、兄貴に逆らうようになったんだってさ。そのたびに剛一は激昂して、謙輔の背中や腹に煙草の火を押しつけたらしいよ。謙輔のふだんは服で隠れてる部分は火傷の痕だらけだってさ。腹や腰も、しょっちゅう蹴られてたようだな」

「顔面を殴って痣ができたりしたら、親にバレちゃいますからね」

「そうだな。剛一は親の前では、気持ち悪いぐらいに異母弟の謙輔をかわいがってたらしいよ。特に謙輔の実母の前ではな。性質（たち）が悪いな」

「ええ、最低ですね」

「丸岡剛一は異母弟が大学時代につき合ってた後輩の学生を奪って、妊娠させたんだ。その相手が中絶を拒んだら、謙輔とよりを戻して学生結婚しろと迫ったらしい。謙輔はかつての彼女に同情したのか、お腹の子の父親になってもいいと言ったようだよ。相手は謙輔の優しさに涙したそうだ。でも、数日後に自宅の浴室で硫化水素を使って自殺しちまったらしい」

「そんなことがあったのか」

「おれは重森香奈が臭（くせ）えと思ってたが、動機から察すると、丸岡謙輔のほうがずっと疑わしいな。剣持ちゃん、異母弟になんか怪しい点はなかった？」

「ありましたよ」

　剣持は詳しい話をした。

「それじゃ、丸岡謙輔が合鍵で重森香奈の部屋に忍び込んで例の隠し金をそっくり盗（ギ）ったんだろう。それでアリバイを用意しておいて、巣鴨の裏通りで異母兄を殺（や）っちまったんじゃないか。事件当夜、異母弟は行きつけのスナックでずっと飲んでいたことになってたが、店の者たちに偽証してもらったにちがいねえ。初動捜査が甘かったんだよ」

「ええ、おそらくね。鉄道自殺しかけたのは自分が異母兄の死を悼み、借金の肩代わりの件で悩んでいると見せかけたかったからでしょう。要するに、仕組まれた狂言だったんですよ。丸岡は異母兄殺しを捜査当局に知られたくなかったんだろうな。おれは、その狂言に踊らされてしまったわけです。しかし、犯人を恨んではいません」

「丸岡謙輔にも同情の余地はあるからな。個人的には、五億円を持って高飛び（ジャンプ）しろと言ってやりてえけど、そうもいかない」

「そうですね」

「ここまできたんなら、もう張り込みを切り上げて丸岡謙輔を追い込んでもいいんじゃねえか。そのあたりの判断は、主任のそっちに任せらあ」

徳丸が電話を切った。

剣持は徳丸の報告内容を梨乃に伝え、先にプリウスを降りた。梨乃が倣（なら）う。

二人はワンルームマンションに向かい、丸岡謙輔の部屋に急いだ。梨乃がインターフォンを鳴らしたが、応答はなかった。

ベランダから逃走する気なのか。剣持は建物の裏に回る気になった。

ちょうどそのとき、ドアが開けられた。

「やはり、見破られてしまいましたね。異母兄の隠し金を奪い、ダガーナイフで殺害したのはぼくです。凶器は犯行後、この近くのドブ川に棄てました」

「五億円はどこにあるんだ？」

「世田谷区内のコンテナ型トランクルームに隠してあります。ご面倒をおかけしました」

丸岡が両手を差し出した。

梨乃が腰の手錠サックに手をやる。剣持は、それを目顔で制した。

その夜である。

極秘捜査班の四人は、馴染みの『はまなす』の小上がりで打ち上げの酒を飲んでいた。

しかし、いつものようには盛り上がらない。

剣持だけではなく、三人の部下も丸岡謙輔の犯行動機に同情を寄せていた。異母兄殺しの犯人は、奪った五億円で小・中学校でいじめを受けた者たちが明るく通えるフリースクールを開校する予定だったらしい。その話を二階堂理事官から伝え聞き、メンバーは揃って遣り切れない気持ちになった。

被害者にどんな非があっても、法治国家で殺人は許されない。罪は罪である。殺人者は、それなりの償いをすべきだろう。犯人の供述通り、五億円はコンテナ型トランクルームに隠されていた。

「犯人(ホシ)は、まだ若いんだ。仮出所できるのは十年先になるかもしれねえが、生き直せるだろう。丸岡謙輔がリセットできることを祈念して、大いに飲もうや」

徳丸が誰にともなく言って、気っぷのいい女将に酒と肴(さかな)を大量注文した。城戸と梨乃が、ほぼ同時にグラスを摑み上げた。

別所未咲なら、丸岡の弁護を快く引き受けてくれそうだ。弁護費用は自分が立て替えてもかまわない。自分は甘すぎる人間なのか。センチメンタリズムに流されてしまったとしたら、ある意味で、まだ稚(おさな)いのだろう。

それでも、やはり殺人犯の丸岡謙輔に冷淡にはなれなかった。

剣持は思い悩みながら、焼酎のロックを飲み干した。グラスと氷塊(ひょうかい)が触れ合って、涼やかな音をたてた。

剣持は胡坐(あぐら)を組み直した。閉店まで飲むことになりそうだった。

本書は二〇一三年四月光文社より刊行されました。
（『偽装警官　警視庁極秘捜査班』改題）

実業之日本社文庫 み719

偽装連鎖 警視庁極秘指令

2021年6月15日　初版第1刷発行

著　者　南 英男

発行者　岩野裕一
発行所　株式会社実業之日本社
〒107-0062　東京都港区南青山5-4-30
CoSTUME NATIONAL Aoyama Complex 2F
電話［編集］03(6809)0473［販売］03(6809)0495
ホームページ　https://www.j-n.co.jp/
DTP　ラッシュ
印刷所　大日本印刷株式会社
製本所　大日本印刷株式会社

フォーマットデザイン　鈴木正道（Suzuki Design）

ISBN978-4-408-55672-7（第二文芸）